和女儿
一起长大

池莉 著

北京出版集团公司
北京十月文艺出版社

目录

Contents

序

都知道，做母亲真好；也都知道，做母亲好累。

感谢命运，我却没有资格称累，因我孩子，真没累着我。2012年12月15日，这一天，是我女儿亦池的硕士毕业典礼。当我坐在伦敦政治经济学院古典雍容的大礼堂，从电子屏的滚动播放中，目瞪口呆地认出了该院历届著名校友中的克林顿、布莱尔、安南、曼德拉和索罗斯，而26位其他国家曾任或现任政府首脑人物，几十位英国国会议员和贵族院议员，15位诺贝尔奖获得者，以及许多以政治体系、经济思想和社会发展的种种重大研究深刻影响了全球的校友们，我一概有眼不识泰山。这一刻，我内心陡起狂喜波澜。这波澜并不完全起于这些风云人物——以我现在的年纪和经历，我已经能够明白：LSE再多风云人物，也并不等于我孩子是风云人物；再好的学校的学生，绝大多数都会是普通人。这波澜主要起于我孩子，她从来都没有对我说起过LSE在世界上是如何的牛。考研的时候，她只简单对我解释了一下她的选择：“LSE真的是一所非常好的学校。”从考取到毕业，读研全过程，就这一句话。年纪轻轻，居然已经有了几分不以物喜不以已悲的涵养——我的狂喜在这里：从C.C中学到UCL大学到LSE读研，我孩子学习的不仅仅是知识，更修习了人生涵养，这才是真正的立身之本，她成人了！再看我女儿，头戴方形帽，身穿紫领袍，健康漂亮，欢喜从容，缓缓登台。二十三年，这么快，这么近，这么梦幻，这么欢喜。

曾经，我的第一感觉相当沉重。当孩子刚刚出生，当我凝视怀里的小人儿，我突然害怕了。我怀疑自己要孩子是心血来潮轻举妄动。这是一个变化多端充满未知的时代，一个焦虑躁乱人心骚动的社会，一个日益败坏的产业化教育，一个逼子成龙的恶性竞技场，一个连住房都没有的清贫小家庭，一个满月就得上班跑月票的高龄初产身体瘦弱的妈妈，一个哪怕能够帮忙带一天婴儿的人都没有的窘境，怎么养得好孩子？怎么对得起这个无辜的小人儿？我是傻了吧？！

然而，两岸猿声啼不住，轻舟已过万重山。尽管我的确是很傻，尽管后来我们遍尝生活的苦头，我们依然茁壮成长起来。如今蓦然回首，我发现，原来我是一个傻人有傻福的母亲。是孩子给了我福气。孩子比我想象得更有生存能力！比如说，从孩子十五岁决意报考英国高中，一直读到硕士毕业，我都没有检查过一回她的作业：我好轻松！还有什么比轻松做妈妈更幸福？！

因此我要写《和女儿一起长大》。我这个妈妈能够给孩子的，只是：一叠纸，许多字。

《和女儿一起长大》是从亦池生命诞生到硕士毕业的经历。她五岁那年的《怎么爱你也不够》和她高考那年《来吧，孩子》，已经融汇其中，只是当今天变成昨天，当昨天变成历史，以前书写过的那些困难在当时似乎难以逾越，一路走来被教育潮流和身边舆论所左右的焦虑和操心，那些不快、争吵、激愤和暴怒，现在终于知道如何举重若轻地去对待了，可惜我只能生养一个孩子。为此，赠给我的孩子，赠给我孩子的孩子，赠给所有翻开本书的读者：福气，当然来得越早越好！

你从哪里来我的孩子

“妈妈，我是从哪里生出来的？”——这几乎是全世界所有孩子都会问的一个问题。

我小时候，我们家大人的回答是：“你是捡来的。”据说大街上有个女疯子，喜欢到处翻垃圾，有一次从某垃圾堆翻出了“我”，就把“我”抱到了“我”家大门口。

岁月匆匆，一转眼，就轮到我要回答我自己孩子了。小女亦池三岁，一上幼儿园，问题就来了：“妈妈，我们班小朋友的妈妈说，她是从她妈妈胳肢窝生出来的，还有小朋友妈妈说他是从脚丫子生出来的，我是从哪里生出来的？”

我坦然回答：“从妈妈肚子里。”

这一刻我简直非常庆幸我那惨痛的剖腹产，庆幸我可以巧妙地偷换概念，庆幸自己不用尴尬和说谎。最多不就是向孩子袒露一下腹部的手术疤痕么？果然亦池追问：“可以让我看看吗？”

当然可以。我大方地掀开衣襟，让小女验明她的所来之处。小女郑重凝视忽然露出小大人神态，说：“痛！”

这可是我不想要的效果！我可不希望让我女儿三岁就留下对生育的恐惧印象。我还是只得说谎，我假装很真实地嘻哈一笑：“不痛不痛，就跟拉链一样，轻轻拉开，把你取出来就行了。”

“真的？”

就这样一双清澈见底、天真无邪的眼睛，对你进行着追问。我顿住了，我不敢继续说谎。可又该怎么说呢？生育是如此复杂的成年人的事情，对孩子怎么说得清楚？

这时候，一只黑红相间的大蝴蝶飞进我家窗口，恋恋盘旋于我的一盆金橘。“蝴蝶！”亦池惊叫。我几乎也同时惊叫。我们都惊喜万分，立刻去看蝴蝶。不远处又传来一阵狗吠，亦池又立刻竖起小耳朵，还跟着叫：“汪汪，汪汪！”

忽然间，主题自然变换了。倒是把我愣在了那里——我把孩子的疑问当作千斤重担，却正是孩子四两拨千斤。原来——问题没有那么严重，小孩子没有想那么多。他们只是对自己的存在有好奇感，童话般的好奇，游戏般的好奇，清浅的好奇，且随时可能被更感兴趣的东西所转移或冲淡。三岁小儿有他们自己无比丰富又洁净单纯的小世界，即使成年人板着脸告诉他们生育的真实情况，他们也未见得会怎么样——就像老人告诉年轻人要“珍惜青春”一样，某些年轻人还是不懂珍惜。人是经验动物，没有经历过的事情，别人再传经送宝都没有用；人又是生理动物，当某个器官还没有发育成熟，别人再传经送宝也都没有用——我获得了一点顿悟，放下了。

然后，我蓄积着科学家的勇气，时刻准备着，将来一定客观而坦率地回答孩子发育以后的再次提问。然而，没有出现这个将来。没有什么一本正经的讨论。一把劲儿攒了二十多年，孩子却再也没有问过“我从哪里来”。

不用说，显然她自己什么都知道了。我才又一次悟到：人是经验动物，是生理动物，同时更是社会动物。逐渐长大的孩子，有她逐渐扩大的社会交往，她会逐渐获得各个年龄段的知识。让我最尴尬的是：我居然一直守株待兔想要硬塞给孩子某些难以启齿的生理知识。

孩子成年以后，尤其当她过了二十岁，开始交往异性朋友，开始谈婚论嫁，开始想象自己生儿育女，“我从哪里来？”这个三岁的疑问，重新冒了出来。这个时候的孩子，也许不再冒失提问，也许假装不感兴趣，也许怕父母难为情而特别回避这个问题。但我知道，她的确在问，也的确想要答案。这是我亲手带大的孩子，我们时时刻刻朝夕相处亲密无间，我对孩子举止神态的点点滴滴都悉知悉见，我知道她在无声发问。这是与生育生理无关的发问。这次发问直指情感。这才是“我从哪里来”的问题实质：父母为什么要她？她是父母意外的产物还是相爱的结晶？人生盛宴，她是被隆重邀请的贵宾？还是不速之客？

事实上，无论是怎样怀孕的，天下父母心，都同样地爱孩子。有趣的是：恐怕天下孩子，一辈子终究想知道这个答案，比如我自己。因此，将心比心，我愿意，趁现在，我还没有老糊涂，给孩子一个坦诚的答案。孩子的故事，就从序幕开始。尽管在孩子面前坦白自己年轻时候傻乎乎的婚恋，有许多的尴尬，也会重新触痛一些掩埋在岁月深处的创伤，但是，想要告诉孩子她的真实来历，我想我必须勇敢一次。

据说来自爱情

我的孩子来自于一场轰轰烈烈的爱情。至少在当年，以我当时的感觉与判断，以及我的朋友、同事、同学和熟人们的说法，那的确有点轰轰烈烈。

说起我年轻时候的婚恋，简直觉得历史是惊人的相似，与现在的婚恋仅仅只是道具和词语不同而已。现在的相亲，当年叫对象；现在的结婚成家，当年叫个人问题；现在的早恋，当年叫“那个”。

当年，也就是二十多年前，我们家家教很严，同时我家大人们已经是屡次“革命”和政治运动的惊弓之鸟，家运式微，生怕孩子们闯祸，约束是倍加严厉，平日连乱说乱动都不可以，“那个”就是绝对禁止的了。那个年代，无论大人小孩，如果犯了“生活作风错误”，是比杀身之祸更为恐怖的，因为你将一辈子都活在整个社会的羞辱之中。永远都不会忘记我们街坊的一个干部，据说官很大，都是科级了。他平时那个威风啊，上下班都穿皮鞋，笔挺笔挺的呢子裤，夹黑色公文包，走路咯噔咯噔的，眼睛从来都不看人，街坊们都会自动闪开，给他让道。可是忽然有一天，他头发散乱了，肩膀松垮了，皮鞋换成破布鞋了，公文包再也没有了，眼睛只敢看地面了，他每天都扛着扫帚、抹布、小桶之类的清洁工具，为臭气熏天的公共厕所打扫卫生和掏粪。他得久久地候在厕所门口，低声下气地问：“有人吗？”里面没有人了，他才可以进去。街坊都作弄他。“有人吗？”他问了几声都没有人应，可是当他一进厕所，就有女人尖叫着冲出来：“流氓啊——流氓啊——”人们就往他脸上吐唾沫，甩粪土，现场批斗，逼他自打嘴巴子，说“我是流氓，我不要脸，我罪该万死”。不久，他实在受不了了，就在公厕上写了三个大字“打倒毛”，立刻被逮捕，以公开书写反动标语的行为，被判了现行反革命罪，公判大会很快召开，游街以后就被枪毙了。枪毙当天，他爱人喜极而泣，坐在大门口地上，拿菜刀剁砧板，大哭大笑，对街坊邻居大喊大叫：“他可是政治犯啊，大家都看见他给毙了啊，以后哪个再说流氓，就不要怪我对不起人啊！可怜可怜我的孩子，他们长大要做人的啊！”传说这个科长的作风错误就是：他作为有妇之夫，却被人发现与单位女打字员拥抱。

“生活作风问题”是一个专有名词，浸透了侮辱和羞耻，并没有随着十年“文革”的结束而结束。真正结束政治运动的是经济活动，而不是文化复兴。文化复兴的缺失，使得大众精神生活低迷，道德判断混乱，依然沿袭“文革”方式，依然不会去尊重个人感情，依然不懂得区别爱情与性乱，依然热衷革命、斗争和辱骂。高科技的发达，在给经济带来腾飞和草根民主的同时，博客、微博、手机段子、短信以及微信，将中国的人肉革命，推向更加广阔的空间——这不是题外话，这是十五年以后，促使我同意女儿出国留学的心理因素之一，英国更文明更纯净，人活得更单纯更轻松，我希望孩子比我获得更好的生活环境。

因此，当年我这个“走资本主义道路当权派”的女儿，一个被“革命”被羞辱的“黑五类”子女，整个学生生涯的十六年其中包括上大学之前接受贫下中农再教育的两年知青生活，都绝对是洁身自好，努力学习，成绩优异，少言寡语，吃苦耐劳。大学毕业，我以自己优异的表现和成绩，再加上我在大学期间已经开始发表文学作品而浪得的虚名，幸运地获得留城，分配到武钢职工医院卫生处，成为一名流行病医生。我父母对我非常满意和自豪，奖励我一块“上海”牌女式手表，那简直就相当于现在的瑞士百达翡丽了。同时还赠我一封我父亲的亲笔信。信中宣布了他们对我的要求：现在你拿到大学文凭了，拥有令人满意的工作岗位了，也年满二十四了，可以开始考虑个人问题了。

当年的情形，几乎也和现在一模一样：二十四岁之前一直是森严壁垒的禁锢，二十四岁以后忽然被要求尽快解决个人问题。一下子我根本找不到感觉，似乎也没有什么能力和经验足以与男性进行交往和对他们有真实的判断。怎么办？自然就随大流了，学当时年轻姑娘们用流行的外在标准去找对象。其实也与现在一样，女孩子中间流行“高富帅”，大家都找家庭条件好、工作单位好、社会地位高的男生。对外形的要求是：“一米八盖，一米七五帅，一米六五用脚踹。”

我上班的医院，总有热心肠的中老年大夫们喜做媒婆，不断有人拿来照片，推荐各式人等。但是几乎没有完美的人，不是个子矮一点，就是老家在农村，或者一看照片的长相就令人生厌。于是一概谢绝。一晃，二十五岁了；再一晃，二十六岁了，已经吃二十七岁的饭了。同学们也都进入结婚高峰，婚礼此起彼伏地举行。更有神速者，几月不见都生孩子了。身边的好心人比我都着急。于是，当一个偶然机会把一个工科男展现在我面前的时候，我马上接受了他。工科男高大，英俊，本科，善运动，会打篮球，会游泳，跳水很潇洒，父母都是革干。我父母很满意这些条件，拍板同意。父母一旦同意，我们的关系就可以向社会公开了。公开很重要，你公开，你就不流氓，没有生活作风问题；你不公开，你就暧昧，你就有生活作风问题。工科男来到我们科室，一一见过我们科室的老师和同事。然后再随我去大食堂排队打饭，接受四面八方的目测。我身高一米六五，他高我十多公分，二人都身条修长，他轮廓分明，我双眼皮又皮肤白皙，大家都赞好般配好般配。我的虚荣心也很满足。就这样踏踏实实进入下一个阶段：动手准备男婚女嫁的物质。我很激情地在汉口一家绣品店铺，花掉一百元整，买了一床湘绣缎子被面，那时候一百元可是不吃不喝两个多月的工资啊，给他展示，他没啥反应。他借了我的小说读了，也没啥多说的。他还是经常来我们食堂吃饭，还是用我的饭票和搪瓷碗。我的饭票吃完了，工资很吃紧，他毫无意识。偶尔我们也去吃个餐馆，我抢单，他毫无意识；我再抢单两次，他竟习惯了；再吃完，人嘴巴一抹，先撤，候在外面，吸烟去了。不料，我忽然生病，却是一场大病，腹部肿瘤，疑似恶性，要住院开刀，动大手术。我住院的病房里，连一双拖鞋都没有。首先想到并买来拖鞋的，不是他，而是朋友。我不满了，愤怒了，质疑了。实质上，作为一个酷爱文学的天生写作者，我骨子里头是反叛的、怀疑的、桀骜不驯的，对社会流行的这种物质化的找对象方式很是不屑的，对自己随大流的行为一直都是心有不甘的。我向往爱情，真正的爱情，轰轰烈烈的爱情，向往郎才女貌、德才兼备、剑胆琴心、侠骨柔肠的爱情——我傻乎乎的自我感觉良好，文绉绉典型的乌托邦之爱情梦幻。尤其面对这样一个不合心意的未婚夫，内心时刻都充满矛盾和犹豫，爱情梦幻就更加强烈。就在这个时候，偏巧，我未来的丈夫，我未来孩子的父亲，突然出现了。

共同的写作爱好为我们提供了见面机会并且在一个讲习班相处了几个月。见面第一眼就有电闪雷鸣之感。只因双方外形都超出了对方的想象，本来以为写小说的人外形都很丑，结果面对面一看，发现彼此都不是那么丑，便以为乌托邦爱情梦幻之现实版，居然世上有。但是非常严重的问题在于：我已有未婚夫。他已婚有孩，孩子尚在襁褓。巧的是，我对未婚夫强烈不满意，他也是对妻子有强烈不满意。可是，我们如果动一动念头，就会犯下“生活作风错误”。这个错误的可怖程度，我和他心里都非常清楚，谁都不愿意去触碰。理智与情感展开了激烈搏斗。第一时间，就用了错误的方式来处理错误的问题：二人不是理智冷静地交流探讨共同平息突如其来的好感，而是故意不说话，故意躲避对方，强行拉开距离。结果抽刀断水水更流：即便借众人说话时候搭个话，即便跟随大家一起散步，即便在食堂同坐一个饭桌吃饭，都倍感甜蜜和兴奋。压抑的结果是反弹得更高。

后来我无数次地回想，如果当年人们和社会，只要稍有一点点宽容度，只要容得下我和他，不是偷偷摸摸而是大大方方，公开坐下来，喝杯茶，交流与分析一下现状与利弊、道德与良心、家庭与责任等等，事情应该不会走向极端。遗憾的是，当时立刻有人向组织告密，跟踪盯梢，领导找谈话，党团组织要求坦白交代，单位以除名加以威胁，作家协会派专人专案整黑材料，居委会窥探与监视，家人一哭二闹三上吊，父母介入生气生病。狂风巨浪一波高于一波，直至法院起诉，警方诱捕，他以莫须有的罪名锒铛入狱。有不明就里的记者以为抓到大新闻，真名实姓跟进报道，所用文字都极具侮辱性，社会舆论一片喧哗。一夜之间，我和他的大好前程被断送，优秀青年变成过街老鼠人人喊打。不过同时，也有我们的朋友路见不平拔刀相助，专打冤案的律师拍案而起主动接案，我忍泪含悲昼夜写冤情刻钢板油印材料，层层申诉，中院、人大乃至北京高院。天昏地暗，天翻地覆，身败名裂，搞倒搞臭。而唯独那最初一刻发生的好感，却似盛开的焰火，被定格在永恒的瞬间，仿佛一盏孤灯，微弱地温暖和照亮着持续了将近三年的官司，这场艰苦卓绝的官司最后终于打赢，莫须有罪名被拆案。那一个夜晚，当他剃着粗糙的犯人光头，孤家寡人，站在一张简陋的行军床旁——这是他进监狱后被离婚剩下的唯一财产，深情地对我说："嫁给我吧。"

我还能够说什么？唯有泪雨滂沱。

这不是爱情是什么？我们自己当事者迷，都坚定不移地相信这就是爱情。那些帮助过我们的律师和朋友们，也都认定这就是一场轰轰烈烈的爱情并无不为之感动与祝福。

我们结婚了，我们一无所有地结婚了。此前少许的个人积蓄，都在几年的诉讼中倾家荡产。一幢老旧筒子楼，其中有一间借来的小房，四壁都被煤烟熏黄了。我们用白石灰粉刷出一个洁白纯净的二人世界。我们所有的抽屉都空荡荡，唯装满清风明月。没有关系啊，正如民歌中唱的"寒窑虽破能避风雨，夫妻恩爱苦也甜"。我们年轻，我们能够发愤图强地写作，我们能够创造生命。我们将拥有自己的孩子。我暗暗发誓，我一定要为他弥补失去孩子的忧伤。我一定能够弥补他失去孩子的忧伤。未来的孩子，成为我们生活中最为欣欣向荣的、充满未来的、明证这场爱情的奇迹。

我从一个根本不想要孩子只想要文学写作的女文青，变成了一个日思夜想期待受孕的小妇人。一个月又一个月。不久，孩子真的来了！

1988 年 1 月 19 日，成为我此生最激动和最夸张的日子之一，是再也不可能忘记或者模糊的记忆。省直机关门诊部的那张尿检化验单，只是一张粗糙发黄印刷模糊的纸片，我却看那妊娠阳性的红色“+”号，鲜艳夺目，令我心跳怦怦，激动不已。那天是沙沙细雨，我的长筒胶鞋踏着人行道积水的唧唧声，平日从不在意，那一刻好比走红地毯，觉得自己的足音既悦耳动听又惊天动地，因为奇迹发生了！因为我不是一个人在步行！因为我身体很豪迈地拥有着两颗心！

事实本身很简单：我怀孕了——与无数女人一样。

当据说的爱情进入凡尘

我很傻。我真的很傻。我傻就傻在靠文学生活，而绝大多数人靠生活本身。

文学替我制造了一场爱情梦幻，文学让我善于寻找并放大自己的幸福，文学为我从垃圾堆升华出诗情画意，文学给我战胜困难甚至是灾难的勇气和力量。最后，当我熬过了这段从虚幻到现实的时光以后，我才慢慢明白出自己的傻。是我傻，不怪别人。过于感性，是我的宿命。

不过，我认命，我愿意。因为这样，我的孩子，从胚胎开始，我就感知到了她。于是我的孩子，在我这样一个特别感性的妈妈体内萌芽和生长，也许就比许许多多的母子关系开始得更早。

怀孕以后，我结识了很多孕妇。我们结伴去医院体检，我们在排队等候体检的时候聊天。我们相约去公园内散步，我们坐在太阳底下聊天。我们还会轮流去每家每户玩耍，聊天，吃饭，看结婚照，打牌或者打麻将。我打麻将几乎可以算是白痴，打牌也很差劲，慢得对手恨不得把我杀了。我很知趣地自我淘汰，不再凑局，她们热火朝天地打麻将，我在一边听音乐，看小说，并把所获得的乐趣，默默传达给肚子里的孩子，时常也会喃喃自语，和孩子说话。朋友取笑我说："他听不见啦，他现在只是一个豆大的胚胎啦。"

我是学医的，我当然知道孩子还只是一颗豆大的胚胎。不过我相信豆大的胚胎也是我的孩子。只要他在我体内，与我共同生活，就一定会有共同的感觉。比如，饭菜的咸淡？是否太辣？孩子一定会知道，也会有要求，但他无法表达，所以我必须揣摩孩子的要求。只要我这么一讲，大家就发笑。

以前我从来没有与这么多孕妇交往，这个时候才发现，孕妇们前不久是新妇，新妇前不久是谈对象时期的大姑娘，大家的话题几乎都集中在这三个阶段，有人欢喜有人愁。欢喜的人不免热衷于炫富和显摆，有人的丈夫已经下海经商做经理是万元户啦；有人的婆家多么有社会地位啦，对她们是如何宠爱看重啦；婚礼是多么排场啦；谈对象时候就送了她金戒指金项链啦；新房面积多大多大并装修得像"豪华宾馆”——这是最时髦的形容词。那时候装修住宅在武汉蓬勃兴起，家里装修豪华的标准是一定要有吧台有洋酒有彩电。更多孕妇是撇嘴，不耐烦听，挖苦讥讽，自叹命苦，抱怨丈夫不会赚钱，咒骂婆婆小气自私，恨死挑拨是非的大姑子。而我，成为安慰所有孕妇的孕妇。因为相比之下，没有谁比我的条件更惨的：住筒子楼，用公共厕所，婆家甚至嫌麻烦到懒得为儿子娶媳妇举办什么婚礼。更不为媳妇怀孕所动，视而不见，视若平常，生儿育女算什么稀奇事。

我们其中有一个女记者最会插科打诨耍贫嘴，她嘻嘻笑笑地说：“有了池莉这碗酒垫底，什么样的酒我们都能对付，你们看她一穷二白三清四无的，还不是整天乐呵呵的。”不错，我知道我最穷，知道我最惨，但我认为这都是物质上的，而我的精神世界是富有的，我有一场轰轰烈烈的爱情，我丈夫为我坐牢都心甘情愿，我们又如愿以偿地开花结果有了孩子，我自己还有写作——灵感如喷泉一般，全国杂志刊物纷纷约稿。我还要什么？！够了！

我只要孩子好！孩子啊孩子，你千万要是健康的！四肢千万是健全的！胎记千万不要生在面部！脸上千万没有过大的黑斑黑痣！我的操心和祈祷全部都是给孩子的。我很阿Q地视金钱如粪土。对婆家的淡漠和自私也很可笑地采取了阿Q精神胜利法：你再自私小气冷漠也抵不过你们家连姓氏最终都是我孩子的！我凭借腹内孩子给我的勇气和力量，严格要求自己的孕妇生活。比如：为孩子皮肤好，我必须少油荤禁咸辣，必须戒酱油以及所有深色素的作料，即便只有一个小窗台也必须把养花种草喂金鱼坚持到底，以颐养和陶冶自然情怀与身心健康。坚持喝白开水，绝对不喝可口可乐——那时候可乐被中国人视为最金贵的有钱人才喝得起的美国饮料。坚持吃水果，尤其是西瓜——那时候夏季的西瓜非常便宜。坚持听音乐坚持阅读，我深信我这种胎教孩子能够感受到，因为是我吸收转换过的，不像有的孕妇把英语课程磁带直接贴着肚皮播放。

遗憾的是，现实生活有时候真的是超级强大，一次次把我从精神的天堂拽到凡尘的地狱。当我们单位的计划生育女工委员发现我腹部隆起之后，轻轻一句话就是晴天霹雳：“你怀孕了？！怀孕之前你怎么不说一声啊？！还真不知道我们今年有没有指标。”

而我，满心欢喜地以为，当我们母子被人发现，首先就会收到衷心的祝福。不是！是没有生育指标，是我们必须马上、立刻、赶紧找人说话和疏通，弄到一个我孩子可以降生的指标。人托人，人找人，带上糖果烟酒，赔笑脸，深刻检讨自己的不慎怀孕。“对不起对不起对不起，我们太不注意了！”说过这些违心话，出来走在大街上，往电线杆子上一靠，哭起来了。后来，我们终于取到了一张巴掌大的发黄的纸片，上面字迹模糊，但盖了一枚鲜红的公章。就是这枚公章决定我腹中胎儿生死存亡。我用手指触摸了一下这枚公章，眼泪哗哗直流。有了这张纸片，我们才可以开始跑路。往管理计划生育的各个部门奔走，领取各种小本本和各种卡片，交纳各种费用。由于没有经验，我们跑了很多冤枉路，挨了办事员不少的呵斥。连同孩子出生以后上户口，办理独生子女证、医疗证、粮油关系等等，我们所跑的路程加起来等于地球赤道的半周——两万多公里。我有写日记的习惯，将所有证件跑齐备并且计算出两万多公里的那个时刻，我的眼泪又哗哗流出来了：我儿尚未出生，就已经跟随妈妈跑了两万多公里了。

尿布问题，又是一次地狱。原来我真没有想到过尿布。我也不知道一个婴儿会需要那么多尿布。当一个孕妇朋友兴高采烈地宣称，她娘家妈妈和夫家婆婆已经给她准备好了 60 多块单尿布，30 多块棉尿布，一只烘烤尿布的烘笼，因为她预产期在冬天。我一下子被震呆了：我也是初冬分娩啊！我一块尿布都没有啊！天哪！原来尿布是婴儿的必需品啊！

原来市面上是没有尿布这个东西出售的，都是靠自己缝制，一般都会有娘家婆家事先准备好。尽管先前孕妇们的善意调侃和揶揄对我还是有些情绪影响的，但每每我都可以超拔出来。我以为，只要我为孩子坚守健康生活，我的孩子就会健康生长发育完美，然后顺利出生，然后我们就可以一起在公园的蓝天下草坪上奔跑嬉戏了。然而还有尿布的问题！原来婴儿很现实地首先需要尿布，需要足够的尿布，需要在寒冷的冬天可以烘烤尿布的那种铁丝做成的一种叫做“烘笼”的东西，这东西也没有出售的。这一下，我又踏踏实实地发现，我未来的孩子没有尿布，没有烘笼，没有衣衫，没有鞋袜，没有小床，没有摇篮。我赶紧奔去妇女儿童商店，羞怯地徘徊在婴儿用品柜台前，不敢与售货员对视：一只小兜兜需要几块钱，一套绒布婴儿衫需要十几块钱，一个斗篷竟然几十块钱。我买不起！有生以来第一次，我深刻意识到没有钱是一件多么叫人气短的事。我哭了。从汉口回到武昌，公汽上轮渡上，抽抽搭搭难以抑制。

在整个怀孕期间，我不知哭了多少次，大约把一辈子的眼泪都流尽了。我的心情矛盾到了极点。一方面，孤苦无助使我对他人的仇恨达到了空前绝后的地步，我发现人是多么自私，多么缺乏人性啊！另一方面，我对孩子的感情越来越浓厚。我清楚地认识到：我这孩子没有更多人疼爱，就全靠母亲的爱和勇气了。我由对自己孩子的心疼延及到对所有的孩子心疼，渐渐又延及世上所有人。在公共汽车上，有人挤我，我退让。有老人和孩子摔倒了，我会马上扶起他们。我在挺着大肚子跑月票的时候望着满世界熙来攘往的人，心里满怀一种对他们既绝望又宽恕的情感。怀孕后期，我终于明白过来：的确从来就没有什么救世主，一切全靠我们自己。

孩子也真是一个奇迹，他也开始回应我。开始在我腹内频频滑动和蹬踢，动作十分有力。很好！我有朋友了！我也开始不自觉地发出突兀的微笑，有时候会把我丈夫吓一大跳，其实我是在和孩子呼应。我振作起来，行动起来，我拖着笨重的身子，为我未来的孩子营造他的小窝。我到处收罗讨要朋友同事穿旧穿破的秋衣秋裤，剪裁洗烫，做成一块块单尿布。找出从前所有的旧棉裤棉袄，在太阳底下翻晒，做成棉尿布。我扯布头买边角余料，铺在床上操起剪刀就裁。尽管此前学习裁缝的时候面对新布料总是犹豫不决，现在总算学会毅然决然了。我没有时间迟疑了。孩子足月之后是一定要出世的了。衣服裁剪好了就上缝纫机。在缝纫机嗒嗒嗒嗒的声音中，一套套婴儿服装就此诞生了。如果缝纫机中途出了毛病，我立刻又去修缝纫机且一定要修好。我做童鞋童袜，织小毛衣小毛裤，所有这一切十分紧迫和现实的事情，对我来说，都是从来没有做过的，却想都没有想我是懂还是不懂，会或者不会，总之兵来将挡水来土掩，一往无前。实在困难太大，就跑居委会去，专找那些和蔼慈善的老太太，可怜兮兮地询问、请教和求助，她们都比家里老人对我亲，都乐意帮助我，我百试不爽。临产前一个月，我忽然想到，如果将来我没有奶水或者奶水不够，我孩子吃什么？我得赚钱！我得写作！我必须写出好东西，让稿费像潮水般涌来！我腿肿肚大没办法坐下来，就那样直挺挺站在桌前，铺开稿纸，竟文思泉涌，妙笔如花，一天可以写好几千字，简直如有神助。我站立了十来天，写完了一部中篇小说。果然是头条发表，被全国各种刊物纷纷转载，稿费源源不断汇来。好了：一笔奶粉专款筹备成功。

来吧，孩子！

艰难出世与人间奇迹

多年前，我在妇产科做实习医生，在我为一个健康正常的产妇接生时常常情不自禁地感叹，感叹母体与子体竟有那般绝妙的默契。相比之下，自然分娩是那么灵巧神功，顺理成章，而人工辅助是那么笨拙，画蛇添足。我相信人类从前一定是可以由个人自然分娩的，后来慢慢地被人类自己弄坏了。我希望我能够自然分娩。在那个秋天，我养的一盆小小石榴结出了十个鲜艳的果实；文竹枝繁叶茂；金鱼肥硕而漂亮。这些都应该是好征兆的。

但是，到了预产期，我迟迟不发作，忽然一天的半夜三更，我早破水了。我垫起下半身，防止羊水外流。羊水过多流失会导致胎儿在宫内缺氧而窒息甚至死亡。我一动不敢动，头低脚高地仰卧着。当阵阵宫缩的疼痛袭来，我就死死咬住手绢。疼痛在缓慢地加剧。我运用自己从前学到的知识，让自己在疼痛的时候哈气。呼——吸——我指导着自己。可是我发现这一套书本知识顶不了多大用。但是我固执地认为，胎儿经过他应该经过的产道比走捷径要好。我疼就疼吧，忍忍总会过去。这个无边无际的漫漫长夜啊。天亮的时候，我觉得自己已经变成了一具僵尸，全身的骨头无一处不疼。而宫缩一直持续到第二天，并且越来越强烈，我已经疼傻了，呻吟的气力都不再有，仅仅只能在嗓子里头呜咽，像条垂死的狗。医生却说宫口还是没有开全。医护人员都觉得很奇怪。孕期一切正常。我的骨盆尺寸也反复测量过，横径啦斜径啦也都十分标准，B 超提示胎儿也不特别大，医生看着我，狐疑不解地说：“为什么宫口就是不开全？为什么孩子就是不肯出来？”

我怎么知道？！

孩子你为什么就是不肯出来呢？我不知道！

情况更糟糕了。我被送到急救室，挂上水。我在疼痛中分秒苦挨，下午四点多钟，忽然胎心加快，宫内缺氧，胎儿宫内窘迫，必须马上进行剖腹产。助产士推着我，向手术室一路小跑，我泪流滚滚。我想我的孩子还没有出世就已经窘迫了一次。我觉得这都是我不好。我为什么不可以更年轻时候生孩子？我已是高龄初产妇了。我实在不够强壮。我们太清苦了，之前只想到吃得洁净，没有想到营养是否够，孩子一定是营养不够没有力气了。上帝啊！苍天啊！佛啊！我心里不停地向所有神灵祈祷，帮帮我的孩子，让他顺利出生，让他人生刚开头的这一次窘迫，抵消他此生所有的窘迫！只要我孩子平安降生并一生平安，我愿从此全心全意恭敬所有神灵，也愿意付出任何代价，我承诺！此前我从来没有明确的宗教意识，此时此刻，宗教意识萌生了。一旦个人痛苦到极致，我想唯有宗教可以支撑。

生孩子果然是女人的一道生死关。麻醉师给我注射常量麻醉剂以后，医生发现没有用。原来我几年前的那次腹部大手术，用过很大剂量的麻醉药，现在必须加大剂量才能够确保我不疼痛。但是，胎儿情况很不好，加大麻醉剂会增加胎儿的生命危险。医生拿针尖划了划我肚皮，我疼得发颤，医生问我："就这样开刀，你能忍受吗？"顿时，我明白了我的处境：我得不经过彻底麻醉就开刀！我孩子需要我就这样剖开腹部。在那一瞬间，我惊骇到张口结舌，简直不敢相信这么可怕的事情会出现在我的身上。说实话，我害怕死了。平时我手指头扎根小刺都会疼得掉眼泪。这不是我娇气，是我的痛域值非常低。痛域值是个医学术语，它是指人体耐受疼痛的能力与范围。人的个体之间，痛域值差异相当大。传说关公不用麻药就能够刮骨疗毒，我相信除了他的意志力之外，他的痛域值一定很高。

当时是分秒必争，四周静悄悄地等待我的回答，我心一横，眼睛一闭，说："就这样开刀吧！"我听见医生感动得鼻子都发嗡了，她吩咐护士说："准备好！我一取出胎儿，你就赶快推麻！"护士纷纷行动，有人把敷料塞进我口里，怕我在疼痛难忍时咬伤自己的舌头，我很配合地咬住了。有人添加一道道到我身上的束缚皮带。还有护士用棉签在我鬓角轻轻抚着。好哭的我，此时此刻却没有眼泪。我全身心地聚集着我的勇敢，我的坚强，我的忍受力。我宁死也要保住自己的孩子——我十月怀胎的孩子，我们已经习惯在一起生活的孩子。

在刀剪钳子等手术器械碰撞的叮当声中，一阵巨痛刺进我的身体，我无法形容那疼痛。当一柄刀子切开人的腹腔时，文字就显得苍白无能了。我身体忽然就不听自己使唤了：心跳紊乱得要开裂，头脑昏暗沉重，汗水从每个毛孔往外涌，整个人失重般恐怖地往无底深渊直落。"输氧！""输血！"之类的词语又近切又缥缈。但我有一小股意识始终清醒着：别昏过去！别！还没有看见孩子呢！孩子是死是活还不知道呢！别昏过去！别走开！千万别！

忽然，我的颈部注入一股凉气，这是麻醉剂！我抗拒着这突如其来的诱惑力非常强大的舒泰感，坚决不肯昏睡过去：我还没有看见我的孩子，他好吗？为什么没有啼哭？会不会缺胳膊少腿？就在这时，我耳边响起与众不同的婴儿啼哭声：不似一般婴儿的盲目大哭“巩啊巩啊”，而是节奏从容的十分清晰的“爱——爱——爱——”，嗓音像流行歌星一样富有磁性、沙哑动人。一听到这哭声，我居然昂起了脖子，睁大眼睛循声望去，只见忙碌的护士们一边称重洗澡包裹，一边七嘴八舌地夸赞：“皮肤好白啊，头发好浓啊。”我赶紧说：“看看胳膊腿！”护士说：“嘿，齐整得很。放心吧！”接着，我女儿被送到我面前，我一看到她，就想伸手去抢。我没抢到。我被麻醉剂放倒了。

1988年10月20日17时，我被推进手术室，17时45分，我的女儿出世了。她身高56公分，体重3.25公斤。肌肤白皙，头发浓密，全身覆盖一层金黄色茸毛，却也额头皱纹累累，瘦瘦巴巴，一副饱经沧桑的模样。自然了，她一出生就是一场历险记，她在宫内脐带绕颈三周，呼吸困难，非常窘迫。不过当护士阿姨给她吸去呼吸道堵塞物，拍打拍打屁股，她就充满感情地向我宣示了她对人间的爱。

从此，这个世界上，便有一个毛茸茸的瘦弱的小家伙是我的孩子了。我是一个妈妈了。我有一个女儿了。她的名字叫亦池。她父亲姓吕，我姓池，在父母相持不下的时候，取了一个兼顾的妥协的团结的名字：吕亦池。意思是：姓吕也就是姓池。看着小亦池如此精致细小的五官，看着她那细腻如凝脂的眼皮抖动起来，看着她慢慢睁开眼睛，看着她这双纯净无比的眼睛，我既欣喜又心酸还生生地心疼，那真是大千世界万般寻觅也无法言表的感觉，唯有神迹给予证明。那是连我自己都莫名其妙、目瞪口呆的神迹：这是我麻醉醒来不久，我怀抱女儿，与她静静对视，只有小小的一刻，忽觉胸脯里头一阵阵热潮，千万条小溪活生生奔流涌动，再一看，洁白的乳汁就朝孩子喷射出来了——这难道不是神迹吗？我从来都不知道奶水竟是这样自动喷射出来的！以致我都来不及料理，喷了孩子一脸。我索性借机给女儿洗了一把脸，我女儿进行了她人生的第一次人奶敷面。她则对美容不管不顾，她要吃饭，她毫不迟疑就找到了奶头，并熟练地吮吸起来，她十分酣畅地用力吃奶，晶莹的小汗珠子在她鼻尖冒出来。太好玩了！这难道还不算神迹？这还不够让一个女人深深震撼和乖乖折服吗？

这个初冬明艳澄净的早晨真好！我漂亮的女儿，我朝思暮想的朋友，我们彼此经历了十个月的探索追寻，我们坚韧不拔地向彼此伸着手，我们终于手握手地团聚在一起了。

不管别人信不信，我信。我信我们母女的默契，就是从胚胎开始的。我不吃酱油，她的肌肤果真是洁白如雪。当她刚刚从我腹中取出，有经验的护士见她身披一层金黄茸毛，就惊呼："美人！这孩子将来一定是美人，美人多毛啊！"几天以后，婴儿室满满一房间新生儿，我的孩子最容易找到：那个最白的就是她！在吃过几天母乳以后，她额头开始饱满，脸蛋逐渐丰腴，全身肌肤粉白透红，艳如朝霞。并且我听音乐她出生就会唱歌；三岁上了幼儿园，居然径直走到幼师的风琴面前，伸手就弹琴。我戒辣戒油，她就喜食清淡原味。我不喝可乐等碳酸饮料不乱吃副食品小零嘴，她对这些杂碎也就从无兴趣。我酷爱阅读，她一旦会伸手了，就要去抓书。当然，我晕车，她也晕车。我产后住院半月，怀抱孩子回家，小车没有开出多远，我们母女都晕车了，难受的神态一模一样。真的神了，我以为这就是奇迹，我不信不行！

从此，我就再也舍不下孩子。从此，我也就深深体会到了什么叫作"她是属于你的，你也是属于她的"。从此，我不再觉得父母老人不给我们带孩子是什么了不起的困难——你想要我还不给你呢，她是我的孩子！

管他呢！车到山前必有路，船到桥头自然直。沉舟侧畔千帆过，病树前头万木春。困难算什么，我们不害怕。回家后，我们把孩子的小床紧紧靠着大床，夜里我用绷带一头系住小床一头拴在我手腕上，孩子一哭，我就摇动。我一夜喂奶两次，她爸爸把尿三回。还没有满月，我们就配合得很好了，经常一整夜都无须换尿布。神奇！产假一个月，我独自一人带孩子，忙碌中会趁她吃奶后的小睡，出去买菜购物。我来回都是一路飞跑，生怕孩子醒了害怕。然而，我的小亦池一点都不害怕。睡醒了也就是自己吃吃自己指头而已，门钥匙一响，她立刻扭头看我，激动得我大声夸奖她，她乐得笑眯眯的。我的祈祷灵验了，这孩子性格是真好，温和从容淡定，从来没有死乞白赖号啕大哭，这个世界似乎再不可能让她有任何窘迫了。

谢天谢地！

好梦凭借好书

更要谢天谢地的是：年轻!

谢天谢地，人年轻时候总有一段无知无畏的时光。无知无畏放在某些事情上，它是个缺点；放在另外某些事情上，它又是一个优点。我年轻时候就完全被一股不知天高地厚的无知无畏主宰了。我那群先后分娩的孕妇朋友们，统统都是老人带孩子，至少月子里绝对是。因产妇要坐月子，这是我们的生活定律。老人又有育儿经验又有时间又是自己喜添一代新人，带孩子是顺理成章天经地义兴高采烈义不容辞。社会就是这样的，民间就是这样的，代代相传的习俗就是这样的。偏偏我运气不好，落在习俗之外了。我们的老人都是革命干部，都是主张移风易俗的社会主义新派人物，根本就不睬社会习俗这一套。我已经在没有婚礼的结婚中领受过新派作风了，在无人疼无人惜的孕期继续领受，对于孩子出生以及坐月子什么的，我根本就没有抱过幻想。果然正是，老人们来看孩子，也很高兴，摸摸小脸蛋，微笑微笑微笑，然后，走了——我能怎么样？反正我从小就运气不好，认倒霉呗，不害怕呗。不就是带孩子吗？自己带呗！

不过，我得承认，孩子给母亲带来的幸福感，并不能减少母亲带孩子的困难。面对孩子的满心喜悦并不能够让生活变得更顺利。冲天的勇气或者说赌气，并不能够派生出三头六臂。

我得承认，出院后，推开空空荡荡冷锅冷灶的家门，把孩子放进她的小床，日常生活中所有的问题都一起涌来。我心里一下子都是恐慌，不知道该怎么下手：新生儿是否需要枕头？解不解开襁褓？据说给婴儿打包时间短了，双腿不笔直，时间长了又容易捂烂臀部，那么到底打多久的包？孩子在婴儿室每天都洗澡，回家了洗不洗？简陋清贫的小家既没有暖气也没有热水淋浴，怎么给孩子洗澡？医生吩咐回家后两小时喂一次奶，在医院是喂好了可以交给护士，在家里刚刚喂完她就溢奶了。等她溢完了擦洗干净了再喂奶，喂完了竖抱在怀里，在后背左拍右拍，往往要拍 20 分钟，小家伙终于打出嗝来。据说打了嗝就不会再吐奶了。仅一次喂奶就要花两个小时。难道一天到晚永不间歇地只做喂奶一件事？我自己连吃饭时间都没有？我不好好吃饭，奶水没有了怎么办？怎么给孩子掏鼻子？那么一丁点儿小鼻孔，棉签都伸不进去，但她鼻腔塞了，呼哧呼哧的，看着就心疼，怎么办？脐带刚刚结痂却又有红肿迹象，怎么办？

我只有月子里的30天产假，除了独自带孩子——孩子的父亲照常上班，披星戴月早出晚归回家还要吃晚饭，我还得为他买菜做饭。孩子父亲会在夜里帮我给孩子把把尿——听听：他是帮你，而你是必须。我得承认，我一边带孩子一边掉眼泪，无数次，无数次。有一天深更半夜，孩子毫无预兆地呕吐起来，吐完奶水吐黄水，怎么办啊怎么办？！吓得我六神无主号啕大哭，跪在凌乱不堪的床上，怀抱着孩子这么拍那么摇，可孩子就是呕吐不止，床上身上到处都是湿的，孩子也哭了，丈夫急得团团转。年轻人的局限啊年轻人的傻啊，连想都想不到去打个120急救电话，那时候也根本就没有电话，外面大街小巷都黑乎乎的，省直机关门诊是下午5时就下班关门了。家里老人倒是居住在附近，可是谁敢半夜去吵醒他们。怎么办啊上帝啊！

在这绝望的紧急关头，我蓦然想起一本书！美国本杰明·斯波克博士写的一本书——《婴幼儿养育大全》！我赶紧把书拿出来。谢天谢地，正有“新生儿呕吐”这一章！斯波克博士仿佛深知我心的老人，第一句话就说：“如果你的新生儿突然呕吐，请你别着急，一般是不大要紧的。”就这一句话，安稳了我的心。接着书中说清楚了为什么不要紧的道理，分析了呕吐的原因，指导了几种应急的具体处理方法。我们按照书上说的一一去做，孩子停止了呕吐，很快安然入睡。冲着这本书，我不禁流下感激的热泪。

这一夜，我只打个瞌睡，一个激灵就醒了，再也睡不着。另一个我，作为作家的我，苏醒过来。我受到极大震撼，脑子异常清醒：好书是多么重要啊！好的文字是多么重要啊！为什么我是学医的，我有小儿科医疗课本，我也买了《家庭日用大全》和《婴儿喂养手册》，可是事到临头，我的所学毫无用处！我们这些书本，都是老生常谈，大而化之，满纸概念和教条，理论与实际空对空，并且这一类书皆是抄来抄去，皆是大口大气的权威和医霸语气，皆是没有丝毫个性与人性关怀。我想：医学如此，文学岂不是也如此吗？！原来中国文字与书写的“假大空”意识与习惯，是多么普遍和根深蒂固啊！联想到自己的写作，联想到自己正在努力挣扎的“新写实”，联想到我的写作在这种普遍而强大的社会文化意识下，将来有可能遭遇的误读、否定、冷落甚至抛弃，再又转头想到孩子的抚养，以及孩子的教育，我怎样做才能够让我孩子健康又快乐，顺利又出息？总之，满脑子思绪乱飞，久久不能够平静。

我是在 1988 年 8 月 20 日，离我孩子的出生还有整整两个月，在汉口武胜路新华书店，买到这本书的。当时翻阅了一下，觉得写得十分客观细致，抚育婴幼儿的常识与儿科医疗水乳交融，并且，我发现美国人抚育婴幼儿和我的状况一样，就是父母自己带孩子，根本不存在什么爷爷奶奶之类的老人。当时我毫不犹豫买下这本书并借过售货员的圆珠笔，在书的扉页上记录了年月日，并羞涩地写道：妈妈为毛头购买。在没有孩子之前，自称“妈妈”都是那么令人害臊，当然又甜蜜。

而真正认识到本书字字珠玑，就是料理月子里这次要命的狂吐，简直是抓到了一根救命稻草。

我开始认真阅读，学以致用，日常就放在手边，全靠它指导我了。斯波克博士的书开篇就告诉刚刚做了母亲的妈妈们：“要相信你自己。你的知识比你想象的要多。”他写道：“你不要把周围人的话句句当真,也不要被专家们的话吓倒。要敢于相信你自己的常识。如果你处之泰然，相信你自己的直觉，并且按照医生的嘱咐去做，抚养孩子并不是一件复杂的事情。”

他还说：“事实上，父母对孩子的天然爱护远比懂得包尿布和调配饮食更有价值。每当你抱起你的婴儿——姑且假设是女孩——即使你最初做得笨拙；每当你为她换尿布，替她洗澡，给她喂食，对她微笑，她就会感到她是属于你的，同时你也是属于她的。世界上任何其他人，无论怎样富于技巧，都不能给她那种感觉。”——我太需要这样的经验和鼓励，太喜欢这样的分析和提示了！

尤其是斯波克博士的育儿观点，为我拨云见日，他说：“人们越是研究养育法，就越是得出结论：好父母通过直觉获得的养育法一般要胜过其他任何养育法。”我这初为人母的懵懂，稀里糊涂的脑子，终于照射进了一线光亮。我意识到，我们再不可以似现在这般，遇事慌乱，临时抓瞎，人云亦云，不知所从。

然后，慢慢地，瘦弱的婴儿白胖起来；慢慢地，一件事情一件事情努力去做，上班之前，小阿姨也还是被我请到了。是的，我很累，很辛苦，小亦池人生的第一个月，几乎患上了医学书上告诉我们的所有的婴儿常见疾病。我生孩子以后，完全没有产后的丰腴，腰酸背痛欠瞌睡，夫妻抱怨争吵，烦恼和流泪也不可能没有。但我们的生活也精彩纷呈：孩子的种种疾病和生活的种种困难，我们都熬过来了，都战胜了！最主要的是眼看孩子一天一个样，是这样神奇有趣！满月之后抱出去，人见人爱，她那缎子一般的白嫩皮肤，引得多少路人驻足叹奇：哇，这孩子怎么这么好啊？！我真是被夸得开心和骄傲！与自己孩子朝夕相处、共渡难关、每时每刻都在一起的日子，就是这样不可替代，孩子是认人的，孩子就是和我们自己亲，亲得不得了，我们母子任何时候都可以息息相通心心相印，所有的相视一笑都有故事。这感觉真好！真是值得！很快，当一般大的孩子都还没有开口的时候，忽然有一天，我猝不及防地，就发现小亦池冲着我叫道：姆妈！我的那个热血沸腾啊！沸腾到烧得脸颊发烫！

我好几个朋友的孩子第一句话是：奶奶。朋友们对我又羡慕又嫉妒，开玩笑说小亦池应该叫：书！是啊，真没想到：一本好书，竟有这样的好！我心态终于平衡了。可见，人的福气并不一定靠人带来，靠学习他人智慧，福气也许来得更为稳定和长远。可不，那又是十分忙碌的一天，我去外面倒开水，不经意将八个月的小亦池放在了地上，等我意识到自己竟马虎得忘记把她放入推椅，我连忙返身冲了回来，我的天！我八个月的女儿居然扶着床沿稳稳站在地上，笑吟吟地望着我。我万分惊诧，一下子跪在女儿前面。

“来，走，走到妈妈这里来。”我试探着鼓励她。

小亦池只犹豫了片刻，就迈动了她的小腿，真的朝我走过来了！一双浑圆白胖的颤颤巍巍的小腿啊，在阳光灿烂的6月间，忽然就开始了她的第一次行走。我喜极而泣，紧紧抱住了我的孩子。我才八个月的孩子，一直被父母抱在怀里的孩子，突然放在地上，就会走路了——这就是自己带孩子的好处和幸福——没有错过孩子关键的每一步，每一步都是惊喜，每一步都是第一个分享者，每一步都是属于我自己的宝贵财富，在以后若干年里，当孩子长大成人离开你以后，当你进入耄耋之年，一个人还能够吃多少？还能穿多少？唯有血浓于水的亲情经历与记忆，一辈子，受用不尽。

被教育吓坏了

小亦池周岁了，我们大有苦尽甘来的感觉。以后的日子应该就是俗话说的“有苗不愁长”了。我想我可以不再像从前那么紧张了，我可以任由孩子在室内走动摸爬，我可以躺下舒展一下酸痛的身子骨，也可以开始拿出时间写作了。

为了庆贺这个来之不易的周岁，我们为亦池举行了一个民俗的抓周仪式：让亦池坐在大床中央，将书本笔墨、胭脂口红、算盘计算器、锅碗瓢盆，还有玩具手枪、玩具动物、玩具农具等等摆放在她的周围，然后兴奋地等待她抓起某件物品。《红楼梦》里头的多情公子贾宝玉，儿时就喜欢胭脂口红，抓起来就往口里送。我儿时的抓周，据说是抓了一把香葱，我外公宣称这就预示了我的聪明，尽管其实我并不聪明，作家并不一定是聪明人。不管怎么说，这种民间风俗，不是用来信的，是用来热闹喜庆要为人生增添意趣的。待一切准备停当，我松开了亦池的手，亦池乌亮的眼珠骨碌骨碌转，咯咯地笑着，朝四周逡巡了又逡巡，然后，扑向一把锅铲，坚决地抓起了它。我们大笑。我宣布：我的女儿将来大约是个厨师了。

亦池抓周的故事，本是一个有趣玩笑，我会乐呵呵地向亲朋好友讲述。终于有一天，我的一个好朋友对我来了一记当头棒喝，她说："拜托啊，你是真傻呀？！厨师是什么好职业？就是伙房师傅啊！过去我们教育孩子，讲的是当科学家和工程师，讲的是学好数理化，走遍天下都不怕。现在要求更高了，你没有听说美国硅谷的那些软件工程师，那些博士和博士后，哪个不是小轿车大房子？！亏你还是一个作家，时代进步社会发展了，都还不觉得，到处讲你女儿做什么厨师！人家谁爱听？谁有闲心和你瞎聊？现在大家就一个孩子，出不得半点差错，要聊就聊点有用的吧，看看谁有本事把小孩的学习抓上去，以后要是能考上一个全国重点大学吧，那才算本事！"

我惊愕得半晌说不出话来！我还真是没有想那么多，也还真是没有那么去想，我孩子才满周岁呢，搞那么紧张干什么？

朋友反驳我说："周岁不小了，已经会走路会说话了，就应该抓紧她的学习了。学习成绩当然是从娃娃抓起了，要不将来忽然就能考上重点大学？！我看你有点二吧？”

忽然我觉得自己的确是有点二。朋友提醒得不错，人们传颂的还是轰动全中国的神童宁铂，还是干政、谢彦波等那些中国科技大学少年班的少年大学生。尽管十余年过去了，当年中国媒体对全国人民进行的狂轰滥炸式宣传，已经深入人心。人们对宁铂两岁能够背诵30多首毛泽东诗词、五岁学中医开处方、十四岁被中国科技大学破格录取的故事，依然津津乐道，心驰神往。干政切瓜的故事，宁铂父亲如何严格辅导宁铂学习功课的故事，被演绎得神乎其神，依然强烈地鼓舞和引导着我们这些幼儿的父母们。不错，我们一群父母或者妈妈，带孩子在公园玩耍，大家的确不会顺着我的话题走，而是热烈地从神童一路谈论到眼下：某个同事或者某个邻居的小孩，谁谁经常获得数学竞赛奖；谁谁一举考上了清华、北大；谁谁考取了公派出国留学。年轻妈妈们，羡慕得双眼贼亮。而我，则被晾在一边。与我前后做母亲的女记者朋友，依然调侃我，说我看起来很细心的人，其实是没心没肺。因为妈妈们都纷纷咨询她，哪里开办了幼儿数学班？汉口青少年宫的幼儿培优班怎么样？幼儿兴趣班哪一家最好？某某老师是否最神？他只在自己家里秘密开班辅导，不通过熟人介绍人家根本都不接收，多少钱都不接收，因为一旦进了他的班，以后的数学考试，绝对就有把握了。听说还有某某老师，特点是会抓题，每逢大考，抓题几乎八九不离十，只是收费比较昂贵；不过那也合算啊，谢谢你替我介绍一下吧，谢谢啊谢谢！

千万不要让孩子输在起跑线上——这句貌似至理名言的忠告，在我们年轻父母中口口相传，然后报纸上也频繁使用，大家更加迷信这个虚假伪劣的真理，我身边的一群妈妈们，一再用这句话来提醒我、激励我、邀约我一起去寻找那些据说很成功的幼儿教育老师，当然，口袋里一定要带上可观的钞票。

为了孩子，我去了。我去了武昌，著名的华师一附中附近的一家幼儿教育早期开发班。去看了青少年宫的各种幼儿培优班。去了神秘地开设在私人家里的幼儿班。越跑我心越凉，首先是收费高得惊人，同时父母要带孩子长途跋涉，挤车，轮渡过江，吃喝拉撒都多有不便，小孩子很是受罪，一周岁到三周岁的幼儿有时候还需要带尿布呢，就被当作学生来要求了。上课时候，孩子被严加约束，要和其他小朋友一样端正坐好，不得随意动弹，必须认真听讲——我的天，才多大的小孩子啊！有个两岁孩子一节课坐下来，尿在裤子里了，那个羞辱和绝望啊，哭得气都要断了。在我观察和了解了社会上形形色色的各种幼儿教育班以后，吓坏了。原来这就是教育？原来就是将来考上重点大学的起跑线？

惊愕与反感，强烈地冲击着我。如果不是我自己生育了一个孩子，我怎么敢相信这个社会现实？望子成龙原本是父母对孩子爱的心意，应该是父母在孩子成长过程中，不断用自己爱的举动和行为，用自己的品格和德行，去启蒙、引导和树立的一种标准和理想，同时还需要孩子心甘情愿地接受并慢慢转化成为他们自己的主观意识。怎么眼下就变成了如此急功近利的社会现状呢？父母们怎么就盲目到了无知的程度，居然深信并接受如此违背天理和常情的教育方式呢？

普天之下，所有的幼小生灵，无不有一个自然成长的过程。天真快乐地吃睡玩乐逗耍，这是幼小生命的本能启动，它们本身就包含着丰富的生命知识，远不是什么英语录音磁带和识字课本可以替代的。我自己也是从儿时过来的，我扪心自问，就不难发现我们幼年、童年以及少年时代那些更加自然的成长经历，其实是最宝贵的，那是我们对世界最初的认识、理解和感情基础，是我们一生的记忆源泉和个人性格的决定因素。我发现，那些亲密抚育我们的人，事实上就是我们一生的老师和榜样与亲人。像我这样，与自己孩子从婴幼儿时期就密切相处的母亲，我自己才是最关键的教育。我最关键的是首先教育好自己。正如斯波克博士在书中说的：“孩子是通过观察他们的父母来学习尊重、爱和得体的行为的。”

课本教育只是一种具有普遍意义的单纯知识的教学。读、写、算永远都是工具。一个没有学过算术的孩子只要送到店铺当学徒很快也能够学会计算。一个人若要稳稳地立足于世界，能够应对世道的各种变化，取得稳固的成功和成就，他需要的是与他自己个性相得益彰的各种知识和能力，其中最主要的是如何与人相处，因为社会是人组成的，“尊重、爱和得体的行为”才是为人处世的最重要知识和学问。

通过一段时间的犹豫不定，再左思右想和反复考虑，我确信了自己没有错。我一周岁的孩子比别的孩子更多学会了读写算，并不等于就更加接近了将来的理想。我得信任常识：更重要更广博的知识几乎都不是课本知识。我得让我孩子从生活中学习生活，从游泳中学习游泳。仅仅才一周岁的孩子，就是要她喜欢玩耍，喜欢吃饭，喜欢步行，喜欢说话，喜欢笑，对所见所闻都感兴趣，摔跤了能够一骨碌爬起来。让孩子生命的每一个阶段都自然地获得这个阶段应该有的成长经历和经验（包括教训），这就是教育。在孩子任何阶段的拔苗助长都是残害，尤其是人为的、根本就不可能助长的那种拔苗，简直就是在摧毁生命。

千万不要让孩子输在起跑线上——这纯粹是一个完全不

能够成立的狗屁逻辑。因为人生根本就不是一场简单的比赛，更没有什么整齐划一的起跑线。美国著名发明家爱迪生一生只上过三个月小学，他的学问都是靠他母亲的教导和自学得来。从小被人们认定是低能儿的爱迪生，学校都不看好他，正是他母亲对孩子的深爱和耐心教育，使他成为了一个伟大的发明家。还有无数成功人士的成长先例，都在证明一个人的成功，有可能在任何年龄任何阶段，而教育的正确方式，只能是深爱和耐心。我们今天怎么啦？

还有我们孩子的快乐、健康和幸福呢？这不都是每一对父母对孩子的终极心愿和目标吗？可是如果在婴幼儿时期开始就遭罪，一直遭罪到二十年甚至三十年，我们的孩子不就已经失去了人生最好时光的快乐、健康和幸福吗？更何况一个人小时候成绩的好坏与若干年之后的成就往往不成正比，一个人天生兴趣和才能爆发与显露的时间和年龄也都不可预知，我们做父母的这样不顾一切地强行逼迫孩子学习课本知识，倒有可能断送了自己孩子的一生。

我热烘烘的头脑冷静下来。我才不相信我亲眼见到的所谓教育的鬼话。我绝不忍心让我孩子受早期教育的罪。妈妈们无奈地说："大家都这样，社会都这样，我也不想让自己和孩子辛苦，但是你不这样怎么办？"

是啊,大道理谁不知道？真正做起来,就不容易了。是啊,好无奈！你不这样你又能怎么办？绝大多数父母似乎都无法从流行的教育观念和模式中突围出来。潮流的力量太强大了,几乎人人都被潮流裹挟，身不由己跟着跑。大家都在逼迫自己的孩子学习，用超大量的课本知识全部侵吞孩子自然生长的生命知识和生命快乐。

我再也无力反抗这众口一词的巨大现实。我沉默了，我不再试图说服其他家长。我选择独善其身。

我是一个母亲，我天生的使命就是护犊子。我就是看不得我孩子受罪。我横下了一条心：我就是要我孩子快乐、健康和幸福。每一天，每时每刻，而不是虚无缥缈的将来。如果我孩子长大了真的去做厨师，或者就是一个普通的劳动者，只要她自己感到快乐、健康和幸福，那就很好。再说三百六十行，行行出状元。无论做哪一行，只要做到最好，那就是有出息。

不管别人怎么看、怎么说，我必须尝试一下维护自己的好梦。我要把扑面而来的这只“教育”老虎打回去。

孩子的强大超出想象

日月经天，江河行地，结婚生子，代代繁衍，生生不息，这是自然规律，哪里有那么复杂和可怕？！在人类进化的几百万年里，学校这种形式才诞生两千五百多年，学校之前的人类不照样文武双全充满生命力和创造力吗？我们现阶段恶性膨胀地以分数取人，以重点学校取人，完全是近三十多年来被拜金主义侵蚀的结果，严重戕害着孩子们的生命力和创造力。谁说我们的幼儿从小非得接受培优班、课堂和老师的授课？！

其实，孩子的生长和生活能力，比我们以为的，要强大得多。

小亦池快三岁了，该上幼儿园了。我首先征求她的意见。

小亦池说她特别想上育才幼儿园。育才幼儿园正好就在我们单位附近，是大屋顶红墙的教会房子，像图片和动画片里头的房子一样漂亮，亦池已经多次看见幼儿园的绿树红墙秋千架了，她非常喜欢。

好吧。那么我们就去上育才。可笑的是，我没有想到，育才幼儿园是市直机关幼儿园，是全市最好的重点幼儿园之一，人家只接受干部和官员的孩子，不接受我这个事业编制人员的孩子。作家又怎么样？作家这个职业是好听不好用，中看不中吃的。平时发表作品，频频获奖，被读者认出来要求签名，自我感觉还是良好的，可是一旦遭遇铁一般的体制现实，立刻就跟霜打了一般，蔫蔫的一副倒霉相，哪里还有什么感觉。多次托人，多次都没有结果了。哪里知道，小亦池把这一切都看在眼里，记在心上。最后我灰心丧气地与她爸爸商量，说求人太难了，我们干脆上别的幼儿园算了。

小亦池忽然插话了。她说："不！我不上别的！"小亦池理直气壮地说："妈妈你不可以直接进去告诉一下幼儿园的人吗？他们可能不知道我们离得很近，小朋友应该都是就近入园的。"

就近入园？！就近入园是政策规定，小亦池竟然知道并运用得如此恰当！

"你怎么知道'就近入园'？"

“这是规定呀，杨柳妈妈这样说，石头的妈妈也说，你和爸爸总在这么说呀。”

我破涕为笑。我被小亦池逗乐了。我觉得我不满三岁的孩子好生了不起，啥幼儿班都没有上过，显然自然成长已经给了她生活能力，远远超过我们的想象。好吧！我再去找人！孩子让我增添了无穷勇气。小亦池参与家庭事务了，并且有条有理，像模像样的——惊喜大大提升了我的精神，使我这个特别不善于求人的人，也尽力克服自己的怯意，想方设法去求人。终于几经周折，我找到了人事局有关领导。领导给幼教科科长签了批条，幼教科科长终于肯接见我一下了。科长口气很大地对我说：“目前我们正在搞经济体制的改革开放，教育体制都在改革开放，幼教事业也不例外，也要上新的台阶也要发展，因此局里有规定，指标以外的学生必须交纳赞助费。”

我立刻明白是要收钱。我早就做好心理准备了，这个社会潜规则我明白：所谓“重点”，就是收钱。我马上表态完全赞同，当即就去财会室交了 800 元赞助费——交得心里直哆嗦，那可是一大笔钱。那时候我们一家三口加上小保姆，两人工资半月就用光，其余日子全靠我的稿费度过。

但是，我们同样还是那么狂喜：毕竟，小亦池的愿望实现了！而且，这是小亦池自己参与的决策！小亦池人生第一个明确的社会目标，在她自己的坚持和参与下，得到了圆满的结果。我们加餐，喝酒，给小亦池喝汽水，一起举杯，表扬她，夸赞她，祝贺她，手拉手唱歌。

如愿以偿的一天终于到来：小亦池要上幼儿园了。

不过我想，亦池毕竟还不满三周岁，孩子毕竟是孩子，一般小孩子在妈妈身边和家里待习惯了，口里说是喜欢幼儿园，实际上进了幼儿园，最初一刻没有不别扭的，开始几天大哭大闹不吃不喝的不算奇怪的事。我两个朋友也陪我们一起来幼儿园，她们同是准备帮我哄孩子的。

办完入园手续，我牵着亦池的手把她送到班级。她班级的小朋友正围坐在草坪上，老师是一个年轻姑娘，她微笑着向亦池招手。我松开了亦池，鼓励她自己走过去。亦池慢慢走向陌生的老师和班级，忽然，她停住了，转身跑回来。

我想：坏了！要哭鼻子了！要打退堂鼓了！

不料，我的小亦池，走近我，愉快又平静地对我说："妈妈再见！"然后再一个转身，坚定不移地汇入了属于她的那个群体，她将生平头一次与陌生人在一起度过一整天，对于一个不满三岁的孩子来说，这是很不容易的生活巨变。

我在幼儿园的栅栏外面偷偷观察了好久，我的孩子已经坐在小朋友的圆圈之中，她始终没有惊慌失措寻找妈妈的迹象。没有哭，没有叫喊。我的朋友们很吃惊，说：这孩子少有！只有我明白，不是我孩子特别，是我孩子事先就已经知道，她能够进入育才幼儿园呢，是来之不易的，其中就有她自己的一份努力。如果不是她勇敢地对妈妈要求，给父母建议，不是后来我们有意识地与她进行一次次的讨论，而是突然给她断奶，把她从妈妈身边扔进一个陌生地方，我想小亦池同样会畏惧、害怕、哭喊和逃跑。小亦池虽然年纪小，通过与父母共度时艰，她那小小的心眼里，什么都明白了。我以为，这就是教育。

我的小亦池，勇敢地迈出了第一步。在进入社会大环境之后，过于文静温良的她，没有接受幼儿课本学习的她，能够在幼儿园生存得好吗？据说幼师也会把小朋友们划分为三六九等。幼师会宠爱和表扬一些学会了更多文字和数字的孩子，同时嫌恶和批评另一些不爱学习、不墨守成规的孩子。我的小亦池实在太野了，她太喜欢大自然，太喜欢小朋友之间的疯逗追跑。她会不会让幼师不待见呢？会不会受到小朋友的欺负呢？

很快，小亦池就以她在各方面的出色表现让我放下心来。主动入园的孩子，精神状态和各方面的能力，当然胜过那些被动入园的孩子。初进幼儿园，孩子们遭遇的最大困难，莫过于“大便”问题。幼师最郑重宣布的纪律之一，就是小朋友们不可以在幼儿园大便。据说这是为了全班的集体荣誉，为了保持班级的清洁和空气良好。幼师要求孩子们要么在清晨入园之前，要么在黄昏放学离开幼儿园之后解决大便的排泄问题，绝对不能在班级拉“臭臭”！如果哪个小朋友在班级拉“臭臭”了，那天他就得不到象征荣誉的一枚小红花。小红花由幼师用红纸剪成，每天放学之前颁发给当日的好孩子。孩子们的名字和照片悬挂在教室的一面大墙上，小红花则逐日粘贴在孩子们的名字下面。

这种管理方式很残酷也很奏效，入园三天就能唤醒所有孩子的荣辱感，谁都希望自己每天都挂小红花，每天都让接送自己的家长有脸面。为了小红花，许多孩子都能够做到把双手背到身后，直挺挺坐一节课；能够认真学习写字、画画、数数和唱歌；能够好好吃饭不管是否有食欲；若有饭粒掉在桌子上，都会立刻捡起来飞快塞进嘴里；也能好好睡午觉，一旦躺下来就再不敢吭声，更不敢和其他小朋友说话逗闹。可是，孩子唯独做不到的就是憋大便，这种要求超过了孩子的生理控制能力。

最初我并不知道这条纪律，一段时间以后，我发现了两点古怪。一是几个表现挺好的孩子，名字下面经常空白，总是得不到小红花。这些孩子在家长接送的时刻面红耳赤，羞惭地拽自己父母的手，要他们快快离开，不让他们看光荣榜；二是亦池每天放学回家，进门就直奔卫生间，有时候简直迫不及待。在我的追问之下，亦池才说那些得不到小红花的孩子，是憋不住大便“出丑”了。

怎么出丑呢？亦池说：“他们睡午觉的时候把大便拉到床上了，还有人是拉在棉裤里头了，他们污染了班级的空气，所以不可能得到小红花。老师骂他们是傻子，说他们太出丑了。”

闻此“纪律”，我大吃一惊，当时就愤怒了。我说：这是幼儿园吗？简直太不人道了！别说刚刚入园的三岁孩子，就是成年人，也不可能被这样约束啊！俗话还说得有：拉屎放屁，天经地义。当今社会，一个大城市最好的红旗标杆幼儿园，居然不让孩子大便！

我的小亦池，却比我冷静多了。她居然是安稳和常态的。她要我别这么急，她讲她自己是没有问题的，她完全可以对付，因为她有“办法”。小亦池的“办法”就是：不吃。在幼儿园三餐她都只象征性地吃一点点，回家以后的晚餐才吃饱一顿。“所以，”她说，“大便就可以不在班级臭臭了。”

三岁多的亦池有一段时间特别爱用“因为”和“所以”。她说：“因为老师不高兴小朋友告诉家长，所以妈妈你不要在我们班批评老师啊！因为所有幼儿园都是这样的纪律，你有什么办法？”

我愕然。

亦池又自豪地说：“妈妈你看我都是小红花！”

我心里五味翻滚，又忧又喜。忧的是这孩子怎么如此逆来顺受呢？过于逆来顺受是否会导致她失去个人竞争意识？当然，这是做娘的复杂心思而已了。我也知道孩子如果像我这么凡事较真固执己见也未必就好。倒是眼前喜的成分更多，我喜的是这孩子小小年纪，面对如此不合理的苛刻纪律，居然有如此强的应对能力和包容心态，或许这是更加强大的个人力量呢。

遇事不慌，善于变通，这是作为一个成年人的我，都难以做到的，三岁的小亦池够可以的了！仅就“大便”问题，就足以使她在老师和小朋友面前显示她的能力、尊严和体面。小亦池从来没有“出过丑”，小红花开满了她的园地。

三年多的幼儿园生活，对于小亦池来说，几乎可以说是辉煌的了。吃饭，喝水，睡觉，穿衣，料理自己的大小便，唱歌跳舞做游戏，小亦池样样都能行。音乐天赋也表现出来，径直走到老师的风琴前面，就弹出音阶来。幼儿课本的学习，那些简单的读写算课程，对于小亦池来说，则完全不在话下。成绩一直名列前茅，超过不少进行过幼儿早期培优班的小朋友。

我大大松了一口气。亦池在幼儿园出色的表现，初步验证了我对教育的正确理解和倔强的实行。我们在日常生活中坚持实行的三条原则，逐渐变成了我们的生活习惯。

第一条就是：让小亦池尽情与她的小朋友相处和玩耍。

一个人最需要学习和适应的，就是与人的相处。与人相处的能力包括识别人的慧眼，是人生一辈子的功课。这门功课如果成绩优异，那么她的生命就会拥有更多的自如和快乐。这一点，已经由我自己反证出来。由于出生于政治运动时期又是被“革命”和打倒的对象，我自小就怕人，极其不善于和他人相处。当然，我侥幸做了作家，无须与他人合作，可以独自劳动靠自己双手吃饭。可我不能够指望侥幸也落到我孩子身上，我孩子不要成为一个孤僻的人，她应该在人群中如鱼得水，获得更多的收获和快乐。因此，我的小亦池只要她乐意，她就可以整天和小朋友玩耍。正如李白的诗词：“妾发初覆额，折花门前剧。郎骑竹马来，绕床弄青梅。同居长干里，两小无嫌猜。”至于我的亦池将来是否有青梅竹马的故事，那是玩笑了。我希望的是：我的孩子从小就可以获得广泛的识人与阅世机会。

第二条就是：顺从孩子与生俱来的天性，让她在最开放的状态中接受自然启蒙。

小亦池酷爱大自然，满月以后每天睁开眼睛，就挣扎着要奔向户外。那时候我们经常在清早六七点钟就到了水果湖儿童公园。好吧，既然我的孩子最早表现出来的就是对大自然的好奇和渴望，那么我们就首先与大自然交好，就让我从大自然铺设一条孩子的求知之路吧。

平常好天气，我们都在户外活动。我们在公园、在动物园、在长江边、在湖畔，在草地山坡树林。我们划船。亦池面对老虎、面对大象，她可以耐心地守候到与它们目光交接。我们任由小亦池指手画脚地与动物说话聊天。沿着季节变化，我陪小亦池看蚂蚁搬家，看蚯蚓钻地，听各种鸟儿鸣唱，闻各种花朵的芬芳。蜘蛛的故事，种子与苗芽的故事，风穿越建筑物的声音，雨落在皮肤上的感觉，风的漫长旅行，清晨阳光的美景与黄昏落日的瑰丽，我都带着小亦池一一领略。

亦池再长大一点，我们便一起养蚕宝宝。一起在窗台上种盆花。一起偷偷观察蝴蝶在我们家的橘子树上产卵，然后每天观察它们化蛹为蝶的过程。我要请大自然这位老师开启这个小人儿的感官世界，要她的眼睛、鼻子、耳朵和指尖都开放而敏感，善于感知和接受周围的事物；激发她对未知事物的探索；让她通过自己的感悟获得丰富的知识，慢慢懂得并且学会愉悦、敬畏、喜爱、同情、怜悯、赞赏与爱。

以我自己幼年的记忆和对先哲圣贤们传记与著作的阅读，我相信，一个小孩子对大自然的印象和情感是智慧种子发芽的沃土。这样的学习，获得知识的丰厚难以估计，而且这样获得的知识，对一个人具有更加持久的影响力。对于孩子来说，智慧的重要远远超过课本知识。拥有智慧的孩子，课本知识的学习会变得非常容易理解和掌握。而缺乏智慧的孩子，课本知识即便强迫死记硬背也是无法消化的苦果。亦池三年幼儿园的经历，极大鼓舞了我们。我们更加大胆自信地——怎么更加通俗地说呢：玩。疯玩。到外头去玩。

第三条是古老的常识的做法：为孩子讲故事和阅读。

讲故事和阅读，这是我的拿手好戏了。本来我自己每天都要阅读，只是我要把我自己一个人的阅读，变成两个人的阅读。把我儿时向往却又被“文革”的熊熊烈火烧毁的许多童话，借女儿的东风让我自己重返童年时光。《格林童话》《安徒生童话》《伊索寓言》以及《西游记》等等，我们百读不厌。当然，已经有电视机了。我们也看电视，主要是看动画片《米老鼠和唐老鸭》《聪明的一休》等等。

事实上，这就是我们的日常生活，其实没有谁老在想教育问题。日复一日，岁岁流年度，有人先富起来了，有人有钱了，有人买大屋买小车了，有人把家里装修得金碧辉煌。为了赚钱，为了金碧辉煌的大房子，为了豪华小车，有人忙得完全没有时间管孩子，有人的孩子上幼儿园了上学了都是继续由老人接送，继续奔各种培优班、补习班，据说是为了孩子将来的幸福。我们毫不动心，坚决坚持为孩子现时的幸福。现时的我们家，依然别无长物，清水白墙，自行车接送孩子。只是书籍在日益增多，多得占满了两个房间还不止。最好的是改革开放的到来，图书出版量越来越大，我们可以买到许多我们心仪已久的书籍，包括漫画。尤其是国外那些优秀漫画家的作品，比如德国漫画家卜劳恩的漫画《父与子》，每一册我们都会抢着买回家。自然还有丰子恺的漫画。我们和亦池一起看、一起笑、一起乐，十分开心。我们家书房就是小亦池的游戏室，书籍就是她的玩具。坐拥书城的家庭环境和充满书香的家庭空气，在我看来，人在这种空间里，可以宁静致远心驰神往，是很惬意的。小亦池果然就是十分惬意，一个岁把两岁的小小孩儿，走路都还不够稳当，却最是喜欢大部头书籍。从书柜里搬出她的大部头书籍，一屁股坐地上，胡乱地又认真地翻阅，有时候还作口中念念有词状，真是叫人忍俊不禁。

正是在这样玩耍一般的翻阅之中，小亦池自然就认识了许多字并十分自然就触类旁通了。后来一上学，不仅幼儿园的课本对亦池易如反掌，小学六年，亦池也没有遇到多大困难。我们并没有费什么力耗什么神，我们就是始终和孩子在一起。不离开她，自己去打麻将去打牌，一玩玩一天；不把她丢在爷爷奶奶家里，自己一出差一个月乃至几个月；不离开她，据说是为了她的将来去做做不完的生意赚赚不完的钱；不离开她，据说是自己也必须有事业，去读这个班那个班拿这种文凭那种文凭；尤其是妈妈，小孩子离不开妈妈，妈妈不离开孩子，任何理由都不是理由。就这样，和她在一起，发现她的能力，惊叹，表扬，鼓励，开心。

母亲溺爱是必须的

人们都说不要溺爱孩子，可是，从来没有人告诉我：是彻底杜绝溺爱，还是摒弃部分溺爱？孩子的哪些表现不可以溺爱，哪些表现又可以溺爱？当我成为母亲，我发现，作为妈妈，对自己十月怀胎的孩子，没有溺爱，简直不可能！

我们人类的孩子生出来是那么弱小，处于半发育状态，不像许多动物，比如大象，它们会怀孕 22 个月，小象在母亲子宫里完全发育成熟，具备所有生存能力，出生以后几分钟就站立起来，几个小时后就能行走奔跑，自己吃东西，懂得钻进象群的中心部分以保护自己的生命，懂得分辨敌友并且懂得趋利避害。人类的孩子在胎里发育只是完成了一部分，还有许多的部分比如性格、脾气、分辨敌友、趋利避害，都需要经过社会磨砺，才能够逐步发育成熟。

在我决定要孩子以后，我开始对孩子以及他们的父母特别敏感。我看见很普遍的现象是：给孩子一颗糖，去去去，一边玩去；吵什么吵？再吵不给你吃；要钱吃零食，给钱，自己去买，孩子买的什么和买了多少，大人不管；听话啊，再不听话就不给零花钱了；考试得了100分，马上给你买名牌。

以上诸如此类的爱或者溺爱，都是要我引以为戒的。我无数次地想：以后我可不能这样打发和对付自己的孩子。我以为太过随意的滥爱，会损害孩子正常的心智发育。做妈妈的在孩子出生后，更有责任继续帮助孩子完成她的发育，直至她适应社会，适应生存竞争，当然，最好还可以有能力赢得优越的生存。因此，怎么溺爱孩子，是我一直都最放不下的心思，也是我最小心翼翼的行为，因为我非常明白我自己本身就有许多致命弱点，许多不恰当的行为会害了孩子。

我并未傻到认为我孩子完美无缺。恰恰相反，伴随婴幼儿的逐渐长大，我发现了我孩子许多的弱点。她胆小，怕人，隐忍，死活都只憋屈自己。如果照这样发展下去，在她一生的生存和竞争中，怎么能够得到健康快乐和幸福？

亦池小时候，我们的日子是这样清贫艰难，最初两三年，日常生活物质依然匮乏得还是必须凭票供应，小保姆的柴米油盐都是黑市的，没有自己的住房，借居的脸色很难看。鸡蛋那时候很珍贵，我孩子吃的鸡蛋几乎全靠我父母接济，他们不得不在自家阳台上养鸡，把家里弄得臭烘烘的。日子不好过，又在住房、上幼儿园、上小学等事情上，处处遇阻，连遭刁难。我脾气急躁，时常会烦。孩子父亲又易暴躁，动不动就拍桌子打椅子摔东西。磕磕碰碰来了，争争吵吵来了，分歧对立来了。家里一旦有风吹草动，小亦池立刻往最角落里躲避，她要么默默流泪，要么神情阴郁死死沉默。

小亦池是那么敏感和惧怕他人的强势和蛮横。有一次，她纠缠着我不停地和她玩“翻叉”，由于我实在有事情忙，就不耐烦地横了她一眼。立刻，她既不吭声也不哭闹，怏怏离开，钻进她自己的被窝久久不见露面。直到我害怕她憋死，主动过去揭开被窝，小亦池两眼直直傻傻地盯着天花板。我轻轻向她道了一个歉，她的泪水才哗哗流淌出来。

任何时候，小亦池只要瞥见她爸爸把脸一丧，她顿时就会觉得大难当头。一个小孩子，还没长到桌子高，伸手间无意碰翻了桌子上的一瓶止咳糖浆，地板弄脏了，她爸爸一见就恼怒，小亦池吓得钻进桌子里头，整整一个下午直到我爬进去强行把她抱出来。亦池在外面院子里玩耍，天黑了很久了还不记得回家。特别是学校的考试成绩单，总是一重地狱。只要亦池成绩单有不够理想的分数，她爸爸当即就有难看的脸色。亦池立刻就会蔫头耷脑，流泪，自闭，整个人完全木然了。

我想我们家的一些亲朋好友，一定会有人以为亦池是笨拙、迟钝和淡漠的。因为在那些短暂的节假日家庭聚会上，大人们多少都有唇枪舌剑夹枪带棒，种种脸色隐藏不满，小亦池常常就是笨拙、迟钝和淡漠的，她不能像别的孩子那样快乐活泼巧舌如簧，不能自如地应对大人们，更没有办法表现出孩子的童言无忌或者甜言蜜语。

每当这些时候，我都不忍看自己的孩子，我心里难受。我开始注意检讨自己，要求自己力戒急躁，力戒脾气大，力戒在争论的时候容易冒出来的强势。我也与孩子爸爸进行多次正式谈话，也希望他能够注意自我检讨，力戒粗暴的毛病。当然，他并不认为自己有毛病，认为只是我毛病太大，以至于吵架更加频繁起来。我改变不了孩子的父亲，我可以尽量改变自己性格，尽管江山易改本性难移，我的努力并不能很快奏效，但是我得尽力，为了我的孩子。逐渐地，只要亦池在家，只要是当着亦池的面，我就强烈克制和忍让。

小亦池是个普通孩子，我没有发现她特别的聪明，或者特别的有天赋。在一群年龄相仿的小家伙中间，往往小亦池的反应不是最敏捷的，脑筋也不是最灵活的，语言表达更是讷讷不出于口，胆怯使得她更多的时候是腼腆和羞涩的。但是，只要拥有快乐轻松的心情和氛围，小亦池的表现就会令人刮目相看。比如上幼儿园，从踏进幼儿园的第一步到三年后毕业，小亦池一次都没有哭闹。比如小学期间，全校列队操场开大会，一只老鼠窜进她棉袄里头，她也没有大叫大喊。对于这些出色表现，我无比自豪，我无数次地认定并夸赞小亦池是世界上心理素质最稳定的好孩子。尽管长大后的亦池觉得我有点夸张，但她非常开心。

对于小亦池的性格弱点，我必须溺爱。我的溺爱不是给钱，不是给零食小吃，就是任何时候都维护她、信任她，尽可能为她营造更多的快乐轻松气氛。在这一点上，我不管什么理智不理智。只要谁给我孩子脸色看，谁压抑她，我就要设法排除，哪怕得罪人或者威胁人，我都会做的。亦池初上小学，我就找她们的小学校长谈过，我告诉她，如果她再在学校大会上不指名地讽刺我孩子是因为妈妈有名才得以进校的，我会找报社，会找教委，会找教育局。我宁可与孩子爸爸吵翻直至离婚，都不可以接受和原谅她爸爸对孩子的乖戾脾气：一会儿亲密得不得了，肉麻得不得了，顷刻又可以丧着脸大吼大叫。

我必须溺爱我孩子虚弱的地方，我必须以溺爱增强我孩子的软肋。好让她逐渐适应这个专横跋扈的社会，适应竞争社会的弱肉强食的环境，也许她性格中有天生难以改变的部分，但我可以尝试促进她的心理素质更加强健和强大，慢慢变得不那么胆怯害怕和窝心难受，慢慢往人群当中去——不管他们怎么讽刺打击和掠夺你。往后，长大了，这世界给你找不愉快的人，还多着呢。

奏效了。效果在慢慢显现。小亦池大约五六岁那一年，我带她出去旅行，一群朋友聚会吃饭，其中有个与亦池年龄相仿的小朋友。吃饭的时候，两个小孩子一边玩起游戏来，他俩比赛谁能够盘腿打坐得更久。时间过去了很久，亦池还在端坐，那孩子却再也耐不住动弹起来。可是，输掉的孩子倒先发制人地哭号起来，满地打滚，泼皮放赖，不仅一把拿走亦池的椰奶，还要霸占赢家的那罐椰奶。大人们只好都去抚慰他，纷纷给他好东西吃。我的亦池，没有躲进角落，也没有委屈流泪，甚至都不责怪一句小朋友，只是她自己依然盘腿端坐，微闭双目，一动不动。事后不久，那孩子又来主动找亦池玩了，并且显然有服从亦池的意愿。

小亦池的这一次表现，极大鼓舞了我。尽管她被夺走了椰奶，但是有效保护了自己的内心健康和愉悦，因为大家的赞誉，亦池获得了比一罐椰奶更多的快乐。我则更陶醉于自己孩子的风度了，这风度里有一种高贵庄严的气质，吃亏是福，一个人如果能够吃亏，还有什么失去的痛苦呢？我坚信，人类更高阶段的文明正在中国发展壮大：这一场经济体制的改革开放，多少会把中国从低级的小农社会带向更高级的工业社会，这是历史大趋势。然而无论社会形态，无论古往今来，人的高贵，都拥有更加强大的个人魅力，这种个人魅力就是力量。孩子，做一个漂亮人物吧！

亦池的性格弱点，顺利朝着有利的方向变化和进步着。她不害怕小朋友了，包括那些有攻击性、有掠夺性的。亦池天生的宅心仁厚在健康生长和壮大，在她所必须相处的人群中，亦池安静、温顺、淳厚、谦让，既不争抢话头，也不争抢风头，无论从语言上还是行为上，她都不会刺激、污辱、打压其他小朋友。幼儿园三年多的时间，小亦池基本形成了稳定的性格优点，最终她赢得了小朋友们的爱戴，慢慢身边就有三朋四友了，还经常有一些莽撞勇敢的小男孩，主动替小亦池背书包，屁颠屁颠地跟随在她的后面，不许别人欺负小亦池。许多孩子经常会讨好亦池，赠送一些零嘴小吃，果冻啊膨化饼啊等等。我的小亦池从来不爱这些零嘴小吃，但是她也懂得答谢他人美意。小亦池答谢小朋友的方式是麻烦妈妈。她向小朋友真诚地推荐了妈妈的烹饪手艺，说什么："我不喜欢吃零食，是因为我更喜欢吃饭，因为我妈妈的菜做得非常非常好吃！"

小朋友大多数都是独生子女，许多孩子被宠得不得了，是家里几代人的小皇帝，以至于他们身边整天都堆满了花花绿绿的零食小吃，反而正经吃饭变成了问题。孩子们都不肯好好吃饭，哪里还可以听得到“妈妈的饭非常非常好吃”到超过零食呢？小亦池绘声绘色的色香味细节描述，使得孩子们露出一副馋相，热烈向往起亦池妈妈的饭菜。终于有一天，我的小亦池就豪迈地答应请客吃饭了。

最初一刻，我以为自己听错了。才四五岁的小屁孩，搞什么请客吃饭？

亦池乐呵呵地说：“我幼儿园的朋友啊！我的那一帮哥们儿啊！”

小亦池说这话时候的那表情，那开心那顽皮那快活那骄傲，让我完全无法拒绝。可是，在家里请客吃饭，实在太麻烦了！十好几个孩子，我家碗筷和桌椅板凳都不够！而且，我是没日没夜都在写作，平日都是没有什么闲暇的，我自己都从来不请朋友来家里吃饭，实在没有时间，也实在太麻烦了！我的同事朋友们的建议都很干脆，一句话：小孩子当什么真？不理！

然而，我必须溺爱我的孩子。我必须支持我孩子的社会交往与社会活动能力。我孩子必须多多地交朋结友，融入人群，了解人群，以尽量减少胆怯，直至消灭害怕。

我答应了。我在小亦池面前踱来踱去，紧张和担心失败，因为我从来没有请这么多客人吃饭啊！我让我的孩子当家做主地鼓励我，给我打气，给我建议菜谱，我们再一起到邻居家去借桌椅板凳和餐具。整个过程，我的小亦池忙得乐颠颠的，脸蛋红艳艳的，还时常鼓励我。

第一次替小亦池大宴宾客，令我此生难以忘怀。大清早起床，手拿菜谱，奔赴菜市场，大肆采买。一路小跑回家，择菜料理，红案白案。清洗餐桌餐椅，高温煮沸消毒碗筷厨具。忙得我整个人像鸟一样飞飞的，脚不沾地。

晚饭时候到了，孩子的父母们纷纷送来了他们的孩子，然后约好两个小时以后再来接走他们。我对所有的家长抱歉，因为我实在没有能力同时邀请家长们进餐。

开饭了，我们家里满屋子都是小家伙，满屋子浓烈的孩子气味，小家伙们吃得津津有味，“阿姨，阿姨”的一片叫声，此起彼伏地要求添菜，个个都变得食量惊人。我的小亦池穿梭在她的朋友之间，笑容可掬，扬扬得意，很高兴事实证明了她平日的吹嘘所言不虚，甚至有小孩子称呼亦池为“帮主”了。看着这个场面，我开心极了。

从此，我的烹饪美名在亦池的小朋友当中流传开来。惊回首，简直不敢相信，小亦池在家大宴宾客，居然从幼儿园开始一直延续到小学，又从初中延续到高中，再从英国高中延续到英国大学，乃至发展到不仅在我家吃妈妈做的饭，还在我家让妈妈安排大家睡觉过夜，还在我家集体看世界杯，还让妈妈买影碟在我家集体看恐怖片了。

亦池在英国一直念到硕士的这个暑假，回家不仅带同学来吃饭，干脆还就住在我们家了。任何时候，只要亦池有要求有吩咐，我都乐意。我都会立刻放下手中的事情，哪怕是很重要的出国或者出版活动，我都会暂停或者放弃，去给孩子张罗饭菜。

其实坦白说，我烹调一般般。我家饭菜都比较简单，也许根本算不上丰盛和美味。那都没有关系，我是醉翁之意不在酒：我只想听从孩子的心愿，我只想要她快乐，以便她在快乐中逐渐战胜自身的性格弱点。

恶战中国学校

亦池上小学了。关心我们的亲朋好友再三提醒：亦池玩乐的童年过去了，是时候必须严加管束抓紧学习了！否则……

否则什么呢？没有谁肯往下说，仿佛往下就是一个黑洞：你孩子不好好学习，你孩子就完蛋了！

我们已经随时随地都在被完蛋着：亦池上幼儿园差点上不了。上小学又差点上不了。我们家附近的育才小学，很奇怪地宣称我们不属于“就近上学”的范围，而离我们家比较遥远的一所学校，反而属于“就近上学”。潜规则大家都知道，无非育才小学是重点学校，无权无钱莫进来。当时我还不是很清楚，还认为不公平，还想和学校讲道理，但是人家就是拒绝你。新生都入学了，我家孩子还没有报上名。一直折腾到我投诉到市委领导那里，市委领导直接打电话给小学校长，同时我也有了“觉悟”，“主动捐献”许多册书籍给学校图书馆，我的孩子才得以入学。

一进入学校，我们面对的校长老师、父母家长乃至全社会，无不都是在强调学习，强调分数，强调各种竞赛。小学生们纷纷进入校外各种培优班。诸如兴趣班、奥赛班、拔高班、火箭班，这些校外辅导班密密麻麻包围了学校，如火如荼数不胜数。那么多小学生在父母的带领或者说是押送下，下课之后又匆匆赶去上课。不少孩子上完文化课培优，接着还要上艺术培优。孩子们在那里学习绘画音乐，各种乐器，吹拉弹唱，跳舞唱歌，家长们则背着食品和饮料，在院子里苦苦守候等待。学校大门口的墙面上，总是贴出新鲜的大红喜报、横幅标语和大大小小的广告，都在标榜各种培优班的成就，某个孩子参加某项竞赛获得状元，某个孩子参加国际什么节获得国际大奖，等等，等等，五花八门，无所不有，强烈地诱惑和暗示着所有家长。

形势就是这样的逼人。有时候，我会一阵恍惚，感觉脚底下滑滑的站立不稳。我的孩子应该加入这种学习吗？或者适当地部分地加入？

我问亦池：你是否喜欢学习某些个人专长？你是否喜欢在放学以后去课外培优班继续学习？

亦池的回答又是这样的简单又慷慨，她说："不喜欢。我就喜欢玩。"

我心一酸。是啊，人生苦短呢，咱们今朝有玩今朝玩吧！何况亦池的特点就是只要玩得快乐，学习也会更出效果。何况玩就是学习。何况生活智慧就在生活中，课堂和书本仅仅只是知识。何况知识不等于智慧，只有智慧才是生存与竞争的灵魂与实力。

亦池的小学阶段，我们对她的快乐生活进行了坚决的捍卫。果然，小学一年级、二年级的课本，不在亦池的话下。发下新课本的第一天，她翻阅一遍，绝大多数内容她早已熟知，考试成绩门门满分，第一批就被获准加入少先队，还当上了班委会的干部。

三年级、四年级，人在长大，快乐的领域也在扩大，因为好玩的东西在日益增多。她从捉迷藏、丢手巾、抓石子、叠纸鹤，逐渐玩到踢毽子、跳皮筋、跳房子、拍皮球，再玩到溜旱冰、骑成人自行车、打羽毛球等等。或者，甚至干脆就是没有名堂地疯逗追跑。亦池穿着旱冰鞋，像闪电般蛇形而迅疾，穿过下班的人群，她脸腮红通通，湿透的短发粘在前额，神情是那样的兴高采烈忘乎所以。

转眼就到了五年级、六年级，亦池的快乐玩耍丝毫没有减少，家里的芭比娃娃也随着亦池的生日逐年增多，亦池坚持乐此不疲地照料它们。亦池的整个小学阶段，在我们生活小区的人们口里，被形容为“疯狂玩耍”。亦池自由自在地疯玩，让许多家长瞠目结舌。现代的生活小区都是比较自闭的公寓，邻居之间不仅没有往来，连见面都不太认识的，大家却几乎都知道亦池，这是因为她几年如一日地在院子里头玩耍。小区的各处花园里、休憩处，所有楼房的顶楼平台和犄角旮旯，到处都活跃着她的身影。她同大孩子玩耍，也同小孩子玩耍，还同狗狗猫猫玩耍。下班的人们会驻足回望，议论说：“看，这小姑娘就是亦池啊！就是池莉的女儿啊！”

夜幕降临的晚饭时分，我们整个院子，要么回荡着我呼唤孩子回家吃饭的声音，要么回荡她父亲呼唤孩子回家吃饭的响亮男高音。家家户户都听得见我们的呼唤。有时候要呼唤许久，才能把亦池召唤回家。一进家门我就把准备好的一条干毛巾给她垫进后背，十有八九她的后背总是汗水淋漓，像一条刚从水里出来的泥鳅。

多年里，我们的呼唤是整个生活小区唯一的呼唤，其他的同龄孩子，大多都是放学回家就关在屋子里头写作业。或者是放学以后继续在外面上培优班还没有回家，回家就马上吃饭，饭后马上被父母监督在房间写作业做习题。我们呼唤孩子的声音像一首老歌，把许多邻居听得怀旧起来。不止一次地，邻居开玩笑说：只有你们家现在还这么唤孩子啊！我们好像听到了怀旧老歌啊！

怎么听，都是一番十分悲壮与遗憾的感慨。听得我心里不是滋味，哭笑不得。我们受到的压力越来越大。小学阶段特别是孩子十岁之前，我坚定不移地为孩子实行了“9点半就寝主义”。那些大量作业，经常没有做完，我就会主动写假条和签名给老师，以保证亦池的充足睡眠，因为我孩子的身体并不健壮。十岁以后，夜晚最迟10点就寝。必须！亦池特别喜欢睡觉。我孩子要睡觉，我当然认为她是需要睡眠。没有比孩子身体健康更重要的作业！

也许是我长期为孩子打掩护，我被亦池学校的一位副校长约谈了，亦池这时进入五年级了，马上就是小升初最关键的六年级了。

一般家长都是很怕老师更何况是校长。约谈就是批评。指责也是经常有的。副校长对我倒是比较客气，称呼我为：“著名作家”，然后，副校长请我理解学校对亦池的一片苦心，他严肃地指出：亦池经常不写完家庭作业，在班级的影响非常不好！对亦池的学习非常不利！亦池将很难保持优秀的学习成绩！

副校长侃侃而谈:“一般说来,孩子完全可以写作业到‘稍微晚一点’，我们中国古人发奋读书还要搞头悬梁锥刺股呢，当代竞争是更加激烈了，所有学生都在写作业，唯独亦池不写,久而久之,她的答题速度,肯定就不如别人。现在的考试,不仅要考能力，还要考速度。”

副校长向我透露了一个最新的消息，说：“最近我们看到外省的一份考初中的试题，那个量大得，基本上要求笔不停顿气不喘才能够做完，否则，你怎么淘汰学生？现在重点学校的招生名额都是有限的啊！”

副校长忧心忡忡地说：“我不是在批评你这个妈妈，但是据各方面反映，亦池同学玩性太大了！还煽动和带领别的同学去玩！这样下去不仅有损于我们学校的业绩，你们自己的损失更大！小升初进不到重点，中考就别想进重点，将来重点大学就更是莫谈了。这是孩子的前途啊，一辈子的大事啊！”

我耐心地听完副校长的高见，也感谢了她，不过，我觉得副校长并不了解亦池同学的“玩性太大”的效果是什么。我充满激情滔滔不绝地演讲起来。

我说，人们所看到的只是人云亦云的表面现象：亦池同学贪玩，亦池家长溺爱和掩护她的贪玩。殊不知，在亦池快乐的玩耍中，学习到的东西更多，对课堂书本的知识也更有理解能力。事实是，五年级以来，亦池学习成绩一直都不错啊。亦池班主任写的成绩单评语说“亦池你是全班同学的偶像”啊。事实是，亦池代表学校参加全国性的比赛也不少，像小学生绘画书法比赛、小学生作文比赛等等，她都捧回了奖状，为学校争光了。写字、绘画和阅读、写作，都是她平日玩来的啊。

是的，我作为家长，也喜欢和亦池一起玩，我经常会被她的疯玩所感染，和她一起吟唱她那些“无厘头”儿歌。比如：“妖精妖精得了妖精病，请个妖精医生来看病，妖精医生说：没有病，咕噜咕噜锤，咕噜咕噜叉，咕噜咕噜三娘娘管钉叉。”

还有更古老的儿歌：“一个伢的爹，拉包车，拉到巷子口，解个小溲，拉到火车站，丢炸弹，炸死了鬼子大坏蛋。”还有：“麻子麻子区，麻子过江西，江西翻了船。麻子到湖南，湖南冇得米。麻子钻了夜壶底，夜壶底一掀，麻子上了街。”等等，等等，不过结果是我们拿出地图，与亦池探究种种好奇的问题，哪里是湖南，而哪里是江西；什么是夜壶，而什么是痰盂；再看武汉市的地图，哪里是火车站？哪里是长江南北？地理历史以及地图都展现在我们面前，我们又趁兴去买地球仪。我开始带着亦池，在地球仪上旅行，寻找每个国家的位置和首都。

再比如游泳。那还是在幼儿园的事了，亦池知道我不会游泳，她发愿“那我一定要学会游泳，我学会了好救你”。这孩子多有孝心啊，我一开心一表扬一鼓励，亦池就那么勇敢无畏地跳进了游泳池，很快就学会了游泳。不能说上小学了就不游泳了，也不能够少游泳啊！

还有弹钢琴，这也算贪玩吗？有多少家长强迫孩子去学琴啊，可是我们亦池是自己强烈要求学琴的。因为她喜爱音乐。不就是因为贪玩，听音乐很多的结果吗？亦池五岁半开始正式学琴。那是她正在换牙的年龄，笑得大门牙豁开直跑风。她踩着踏脚凳上琴，从枯燥的指法学起，多少次在外面疯玩了回家，休息一会儿，她自己会主动上琴练习。她自己在谱架上翻开《汤普森》，十个小指头练得变成了小锤子。亦池一直坚持弹琴。考级都快考到最高的国际九级了啊！难道进入小学高年级，就必须停止弹琴，停止喜爱音乐吗？

我说话太骄傲了。一旦夸起自己孩子来，就忘记了自己是在批驳人家好心的副校长。副校长脸都绿了，我还乘胜追击。我认为快乐是生命的本能需要，它与学习知识并不冲突——这是我抚养教育孩子几年来最深刻的体会，也已经被亦池在学校的成绩和表现所证明。我们也承认，亦池的成绩并不能够每次都是最高分，时常也会上下波动，但是她德智体全面发展啊，她不是年年都被评为三好学生甚至都达到区级的三好学生了！而且由于孩子会玩会学习，也大大支持了家长的工作，使我自己的写作非常顺利，课余时间和周末时间，我们都不用送孩子去培优，我个人的时间得到了很大程度的保证，我们家长也轻松啊。我不知道学校老师和家长们为什么就是不肯深入地想想这个道理？孩子的心怎么会玩得野掉呢？那是在发掘想象力啊！有家长循循善诱，或者老师们循循善诱，不就可以掌控在比较恰当的程度吗？孩子的心不打开，怎么能够认识和接纳整个世界！生活每一天都是崭新的，社会是在不断进步的，对于孩子来说，仅凭课堂与课本，何以熟悉并驾驭生活？因此，其实我们家亦池在玩乐中形成的良好性格，学到的各种知识，单凭学校课本是达不到的。

可怜的副校长终于听不下去，也坐不住了，用淡漠的表情竭力掩饰着她对我的不屑和嫌恶。对不起，谈话终止，她必须要出去开会了！如果家长不配合，那就别怪我们学校了，副校长撂下了这句话。该年级期末，亦池再也不是区一级三好生，学校也没有再约谈过我。这么不知趣的家长，学校肯定烦死了。

原本我还有一个侥幸心理：小升初属于国家义务教育，有一条就近入学的原则，反正我们附近的中学都还不错。

然而，形势大变，“把教育当产业抓”的舆论铺天盖地而来，学校收费理直气壮，花样繁多，多如牛毛，而且收多高的额度人家眼睛都不眨一下。据说全省最好的重点中学，差一分就得交五万元！差五分以上就是十万元，差十分连交钱都还捞不到招生名额。学校怎么能够这样？教育部怎么可以这样？作为个人的质询，已经无人理睬。在全国的教育大势面前，个人真是螳臂当车不自量力。

就在亦池小学毕业的时候，新规小升初方案出台了：择校已成定势。多年来小升初就近入学的规矩，忽然就被消灭了。

学校召开了多次家长会。家长在会前会后，聚集在学校大门口，交头接耳，愤慨不已，有的要去北京上访，说这样改制违反了教育法。总之黑压压一大群人纷纷议论，从群情激昂到心灰意冷，天黑散去。最后总是不了了之，毫无结果。

我该怎么对我十二岁的小女孩诉说和解释这一切呢？

我们快乐学习，我们德智体全面发展，我们酷爱睡懒觉，但是只剩下半学期，就是小升初拔高考试。亦池从来不上校外培优班，从来不进行超大量奥赛题的强度训练，十有八九拿不到高分。怎么办呢？

一夜又一夜的辗转反侧，吃不好也睡不好，但是时间不等人，必须让孩子有一个心理准备。最后我别无选择，只好向孩子摊牌。我们决定不给亦池压力，不要求她必须考上重点中学。我们人在屋檐下怎能敢不低头？！考不到高分，就随便电脑摇号，去一个随便的烂初中再说。天涯何处无芳草？鸡窝里头还出凤凰呢！初中以后再说呗。

没有料到，我素来温顺的孩子却不服气了，她说："不！妈妈，"她说，"我为什么要被他们随意摇到那些最差的中学去？我学习很好，表现也很好，我应该读好学校啊！我也想读好学校啊！"

孩子越是有志气，越使我心里难受得不行。是的，孩子你很好，然而，你的考试分数能够达到录取分数线吗？模拟考题都在书店卖呢，一册一册的堆积如山，都是拔高题、火箭题、奥赛题，绝大多数孩子都一直在培优班做习题呢，我们在玩乐在旅行，我们在琴棋书画，我们在养狗狗和花草。

反而是我的孩子安慰我说："妈妈不急，让我想想。"

此刻我的孩子是初生牛犊不怕虎，大有不甘任人摆布的心气。我却已经是哀兵一个。我常常在接受媒体采访时说自己是老百姓或者小市民，有一些人还不肯接受，他们以为你是著名作家你就会享有特权。错！中国早已是古风不存，唯有权力与金钱被看重。

亦池想了一会儿，开口道："那就考呗！而且，我想考外校。"

我吓了一大跳。外校！武汉外国语学校！那可是真正的老牌重点，没有改制之前本来就是重点。这是一个特殊的学校，因名气最大、报考人数最多、考题最难，成为历来的重中之重、难中之难。近年来外语的重要使得外校更牛了。民间传闻纷纷，说是外校的校长比市长还牛呢。外校不仅考题难度极大，还有英语笔试和口语面试以及严格的体检，一关不过都会刷下来。近几年来，我们不乏报考外校的孩子，却没有见着谁考取过。据说就算差一分，也要交五万元赞助费。分数差得多了，给再多钱外校都不收。

说实在的，以前我们从来没有设想过要考什么外校，现在怎么还可能呢？

可是，亦池却选择了外校。她语气温和却又坚定不移地对我说："妈妈，我还是要考外校！我要上最好的学校！我喜欢外校！"

我意外地瞅着亦池，半晌说不出话来。毕竟是孩子啊，教育形势的严峻程度，她是无法充分掂量的。但凡有心报考外校的孩子，早几年就开始上那种专门应对外校考试的辅导班。如果因此错过了其他中学的录取而失学，那就惨了！我心里一急，拒绝和呵斥就要出口。但是，就在话要出口的瞬间，又被我收住了——我无法拒绝我的孩子的良好愿望。看着亦池那稳笃笃不温不火的神态，我又觉得她非常有谱。她的所愿，一定发自内心并且估计过自己的实力。如果她宁愿冒险去追求自己最向往的目标，我这个做母亲的唯有全力支持她，千方百计帮助她在关键时刻激发自己最大的潜能。

好吧，我们就冒一次大险吧！我自己年轻的时候，不也是总有一句话在心间，那就是：人生难得几回搏！那咱们就考外校了！

但是屋漏偏逢连阴雨，家庭意见不能够统一。孩子父亲认为我过于骄纵孩子，什么都听她的，一个十二岁小孩子知道什么轻重？！人家甩出一句话：如果孩子考不上外校，都是你的责任，我是不管的。

那个生气啊，肺都气炸了。我以为在这种节骨眼上，是最需要一家人同心协力紧密配合的时刻，做父亲的人居然这样拆台。背着孩子，我们吵得天翻地覆。我脾气急，听不得冤枉话，事实就摆在面前啊：我没有骄纵孩子，我们的孩子并没有被宠坏。亦池几个月大的时候，她酷爱拽扯我的头发，我不是及时制止了吗？后来长牙时期，她又热衷于撕咬书籍和玩具，我不也是及时纠正了吗？为孩子尽早自立，我多次换房，哪怕搬到 8 楼半的顶层，只为三岁的亦池可以拥有她自己的小房间，让她养成独自睡觉的习惯，让她战胜对黑夜的恐惧。亦池独立起夜并且在次日早上自己倒掉痰盂。她很快学会自己挤牙膏和拧毛巾；如果我们还没有起床她还会主动替我们挤牙膏。四岁以后，她就主动替我帮厨，她负责倒垃圾和字纸篓，她会在吃饭之前摆好餐桌碗筷。进餐的时候，如果是亦池盛饭，我总会教她首先把饭送给她的父亲，因为他是家庭的长者；如果是我盛饭，我也会首先送给她的父亲，接着送给亦池，最后才是我自己——这种顺序是必须的，我们必须养成尊老爱幼的习惯。十岁左右，亦池开始洗涤自己的内裤和袜子。亦池被誉为全班偶像的事迹之一是：一只文具盒使用了几年，而其他学生的文具盒都在频频更换，有的还同时拥有许多花色品种的文具盒。我的亦池已经懂得节俭，从来不随便花钱。钢琴是她渴望了许久并且要她承诺好好弹琴才给她买的，况且买钢琴是我的稿费，钢琴教师是我去张罗请的并且也是我的稿费。丝毫没有影响家庭正常用度，而且与别的孩子相比，亦池够节俭的了，自己很少买零食吃，酷暑季节，都常常是我们提醒她带一点零钱买根冰棍吃。试问：这样的好孩子，你凭什么说她被骄纵坏了？！别的父母强迫孩子考最好的学校，孩子都不肯，亦池自愿请战，怎么就变成了骄纵？！

一吵架，陈年老账都翻开，孩子父亲也急了。他自然认为他有道理，也自然认为他对家庭有贡献，他暴跳如雷，捶烂了桌面：怎么不是骄纵？才三五岁的孩子，她要钢琴就给钢琴！买钢琴，请教师，家里的钱都用光了。才六七岁，要小狗给小狗！狗多脏啊，每周要洗澡每年要注射狂犬疫苗多麻烦啊，咬伤或者传染了孩子怎么办？孩子成天和小狗玩耍根本就没有心思写作业！现在才十一二岁，她要考外校就考外校。小孩子知道什么，当然总是要好东西，就凭你这一贯执行的所谓素质教育，敞开玩，她能够考上外校吗？考不上就失学了怎么办？你这个人，太不务实了！太固执己见了！太霸道了！

针尖麦芒，针锋相对，谁都不肯让步。离婚！离呗！谁怕呀？！两个人都气哼哼地把结婚证一揣，跑去居委会打离婚。一进门遇上亦池的老师过来打招呼，两人都不好意思了又连忙换成笑脸应酬老师，连忙离开了居委会。一次又一次，都没有离得成，热战变成冷战。在冷战中的家庭还必须装出和谐美满的样子，以免惊恐了孩子，影响她的学习。

亦池已经决意考外校，一副跃跃欲试斗志昂扬的样子，令我们大人羞惭。现在不管什么事情都不值得耗神费力，所有精力都必须转移到重点上来。你孩子要考重点，你就得抓分数，这才是当务之急、重中之重！

我把打掉的牙强咽下去，啥都不提了，立刻开始考外校行动：我们购买了外校历年的初中招生考卷。在和孩子一起浏览和分析大本大本的考卷、秘诀之类的教辅材料之后，亦池自己判断，她的劣势在数学。尽管语文试题也远远超过了小学课本范围，但是我们家长年累月的阅读习惯让亦池已经具备解决语文试题的能力。一般说来，考试抓分，语文也玄乎，靠实的是数学。那我们就抓数学！

我四处打听，托朋友找熟人，寻找最有效的抓分方法。最后没有别的，还是必须做题，还是必须找数学的猜题与抓分高手，服从他的高收费去上他的课。可是这样的几个高手，封山了，小升初临考之前已经不收新生了，人家也要口碑的。新生很难一下子把抓分能力提上去，以后考不上重点，就等于拆老师台了。百般无奈的时刻，贵人显身，亦池的数学老师，是一位少有的还具有古道热肠的教师，他深知亦池的数学弱点，他愿意课余时间辅导辅导亦池。感谢上帝！果然天无绝人之路！亦池马上开始补课，立刻开始做题。箭在弦上了，亦池自觉地就不贪玩了。她自己想要的东西，她是可以为之付出辛苦和劳累的。我的孩子从小就这样，钢琴是这样，小狗皮皮也是这样。在特殊时刻，在紧急关口，咱们也是可以不怕苦不怕累的。

一夜夜，我把亦池用自行车带到我的单位，让她独自在我办公室安安静静心无旁骛地做题。数学老师也骑自行车过来，对亦池进行一些指点和辅导。他们师生上课和亦池做题的时候，除了倒倒茶水，我都退出来，独自坐在外面的楼梯上。我怕分散了孩子注意力。

我们娘儿俩手挽手，慢慢走在回家的路上，汉口黄孝河路深夜昏黄的路灯，亲睹着我们这场奋战。我不检查亦池的作业，也不要求她的题量。我只是陪伴她，让她感到安全、安心。我只和她聊我对她的数学老师这样一些好人的敬意和佩服，我告诉她人世间有一种大义，那就是要以不辜负老师的教授作为报答。

我对孩子谈自己的体会：人生就是会有许多的不得已。一个人在某些时刻，为了维护自己的尊严和体面，就必须战胜一些他们很厌恶的东西。现在对于我们而言，考上外校就是自己的尊严和体面。也许我们并不喜欢数学，我们还很不喜欢应试教育对个人生命的戕害。正因为如此，我们必须战胜它！唯有战胜才可以轻松，眼下不就是一堆数学题吗？有什么了不起呢？战胜它，我的孩子！

“好的妈妈。”亦池说，“可是，如果我失败了呢？”

“那叫虽败犹荣！”我说，“有个成语叫‘塞翁失马焉知非福’，万一落榜，说不定后面有别的福气来了呢。后面的你就不要多想了，后面由妈妈负责编电视连续剧吧，好歹妈妈是个作家。”

亦池调侃我说："著名作家啦。"

好！我孩子的幽默感依然在，这就是强大的稳定的心理素质。显然亦池兴奋地进入应激状态。她做练习题做到深夜再三劝她睡觉她也不睡，说："睡不着啊，妈妈，那些解题步骤在我脑子里转啦转啦。"又说："妈妈，还有你的一些话也经常跑到我脑子里转啦转啦。"在短短几个月里，亦池的数学成绩突飞猛进，毕业考试，不明就里的班主任十分惊讶，在成绩单上重重写下"数学成绩突飞猛进"。

2001年那个酷热的夏天，持续高温的日子，我们带着亦池，来到外校指定的考场。那一天还顺路带了亦池的一个同学，据说是数学超级好的一个男生。一路上，亦池和同学闲聊逗笑，全是不着边际的话，也不向人家请教或者切磋数学题。我在一旁观察她，觉得我这傻孩子心态松弛得简直不可思议。考试结束，许多孩子奔出考场就哭了：考卷太长做不完啊！我们赶紧问亦池，亦池依然松弛而平静地回答："我做完了。"

我一听这话，一看孩子这模样，也有几分松弛了，管他多少分呢，至少咱孩子没有被考试折磨，这首先就获得了精神胜利。

接下来是封闭保密阅卷。然后是录取分数线公布，录取分数线是 187 分。再接下来就是等待看榜。看榜之前的某一天深夜 12 时，电信电话开通高收费查分热线。就在那一天深夜，查分热线被打爆，总是占线，总是占线。我们紧紧盯着电话，一遍又一遍地拨打，忽然接通了，在输入了亦池的准考证号码之后，一个四平八稳毫无感情的电话录音告诉我们，亦池的总分是 192 分。

再听一遍，录音电话里无情的声音在我们听来充满感情。确凿无疑：正是 192 分。天啊！超过了录取分数线 5 分！我的孩子冲破了录取分数线！我们不要前三名，我们不稀罕名次，我们只要考过！考过就是我们的奇迹！

考过了！那个欢欣那个幸福啊，难以言表！亦池，我的孩子，小升初考上了武汉外校。她既享受了快乐的童年又赢得了考取外校的体面，在同学面前一点不丢脸了——孩子们更看重的是这个。

真是憨人有憨福。我的孩子就是有点憨憨的。

亦池考取外校，让所有认识她的人们都大吃一惊：这孩子不是总在玩耍吗？这么玩耍的孩子也能够考取外校啊？哦，明白了，人们自动得出另外一个结论：这孩子超级聪明！天生的，就是有这样一些天生超级聪明的孩子，又会玩耍又会学习！

当然不是。亦池从来没有表现出她的超级聪明。此次考取，仅是险胜，无非超出 5 分而已，运气的成分很大。不过，经过这次小升初一场的战斗洗礼，亦池应该是变得稍微聪明了一些。有了她自己真真切切的体会：一个人的尊严和体面皆来自于个人的奋斗。人生中会有许多关口，你不能计较它是否有道理，你没有时间去抱怨它，总之你就是必须过关！

过了关那一刻，亦池倒很稳得住。我却是激动不已，泪水笑容都涌上来，浑身舒服得轻飘飘的，大有“两岸猿声啼不住，轻舟已过万重山”之无比松快与豪迈。太好了！

不过！不过很快，欣喜过去，愁苦又来。一进入外校初中，与教育体制的下一轮恶战，随即打响，三年以后就是中考。中考更加严峻。我们既然拼进了重点初中，三年后拼进重点高中似乎势在必行。要不然，岂不是连小升初付出的辛苦都白费了？

更不容乐观的是社会环境普遍恶化，嫌贫爱富，笑贫不笑娼，流行穿戴名牌，流行豪车大屋，流行酒店饭馆的大吃大喝，攀比之风盛行。外校初中是住校，这种社会风气被带入学校和集体宿舍，对不谙世事的少男少女们影响很大。重点中学往往都是这样，没有进去，看到的都是优点；一旦进去了，听到的都是缺点。有朋友严正提醒我说：社会舆论认为，外校的孩子，学习是不会太困难的，学好就很不容易了。

外校被社会舆论普遍认为是贵族学校，是有钱和有权人的学校，个个都在比阔。送孩子到宿舍，一边为孩子们铺床整理，一边也有妈妈们窃窃私语，特别担心那些炫富炫权招摇过市的家长和孩子。如果人不学好，一辈子就完了，成绩再好有什么用？开学了，目送军训的大卡车开拔远去，看着亦池挤在满满当当的同学中间，开开心心地朝我挥手。我这里真是：才下眉头，又上心头。

在那么多妈妈们中间，耳听得那么多嘁嘁喳喳的宏论与高见，眼见得有些父母，刚开学就已经给孩子搬来大厚本的《牛津英语词典》，更大厚本的《中考抓分攻略与秘诀》之类的工具书。据说三年后的中考，重点高中的录取对象肯定只会在前十五名之内，重点高中以后的北大、清华，只会在前三名之内。周围分明是硝烟四起的战场，让我多少有点惭愧，觉得自己是否为孩子抓分这方面做得太少了？但我实在无法放弃自己工作和写作，像那些狂热又执着的父母，他们为孩子抓分到鞠躬尽瘁死而后已，甘愿舍弃自己的一切。他们在外校附近租房陪读，每天跟着孩子一起写作业，不少妈妈放弃自己的工作，成为孩子的专职督学和保姆，做饭洗衣一点家务活都不让孩子沾手，孩子的手就只用来做习题。的确，这样一些学生的考试分数，一般都会高过其他同学。班级里的前三名，一般不是天才就是通过刻苦训练铸成的考试机器，前十名乃至十五名，大多就是父母尤其是妈妈上阵陪读和监督的孩子们了。我被周围环境压迫搞得一点主意都没有了，心里七上八下惶惑不安，对我们家一直勉力坚守的“健康、快乐、幸福”原则，是否可以贯穿中考以及高考，连我自己都觉得有点可笑，感到虚无缥缈得有点脱离现实了。

但是，我绝对不甘心放弃我孩子的健康、快乐和幸福。且不说大道理，我就是舍不得。我自己养了一个孩子，她为人一场，一条性命来人间走一遭，为啥要吃这般苦？！每天乃至十几年，都在写作业，别无生趣，早早变得近视，戴副厚眼镜，弓腰驼背，表情僵硬，一脸菜色。我舍不得！

我只好在犹犹豫豫摇摇摆摆中，拭目以待。

首先，在学好方面，亦池让我逐渐放下心来。我孩子从小的家庭环境和文化教养，变成了我们最大的优势，亦池完全可以驾驭外校的住校生活。她最大的优点是善于吃亏，别的同学争抢下铺，她就主动去上铺，爬爬上铺对锻炼身体没什么坏处——她认为。面对每个周末外校大门口的如云靓车，我的亦池，自己背个大书包，大摇大摆，大方坦然地与钻进小车的同学摇手再见，自己去挤公交。不仅如此，她还很快用自己的观念和方式吸引了一批志同道合者。挤公交好着呢！据亦池宣称：一是熟悉了行车路线和城市街道；二是在车上可以饱览各色人等尽情观赏美丑；三是可以听到各种声音，笑话俚语方言，应有尽有，特别增长社会知识；四是与陌生人打交道可以积累社会经验；五是锻炼身体多走路增加身高；六是自由自在，沿路发现好玩处可随时随地下车，去室内体育场打球、逛公园、逛书店、逛音像店或者去麦当劳吃个冰淇淋；七是绿色环保，减少尾气污染和交通堵塞。亦池鼓惑同学们：想想看孩子们，我们在学校与世隔绝一个星期了啊，用自己的双脚亲自走出校门，亲自走进公园，亲自走进体育场，亲自去我们喜欢的那些地方，多么自由多么享受啊！就这样，居然经常有同学不要父母小车来接，宁愿伙同亦池乘坐公共汽车。就这样，整整初中三年，为享受自由步行，亦池和她的好友们已经结帮成伙，他们一伙少男少女，无数次在解放大道和中山公园招摇过市，哪里有滑冰，哪里有室内羽毛球场，哪里好吃哪里好玩，他们无不知晓。《蜡笔小新》最初就是亦池给我带回家的，后来我们母女俩看迷了，我特意寻到一家音像店，把《蜡笔小新》的碟统统买回来了。我还被亦池带动，成为宫崎骏的影迷，《千与千寻》《豆豆龙》《萤火虫》等等，我们母女是每部必看。

从军训开始的初中三年，亦池顽强地恢复了她喜欢和习惯的生活方式，并获得了同学们普遍的羡慕和爱戴。一方面我喜悦地看着自己孩子，知道她学好是不成问题的；一方面我又悬着心，知道她的学习成绩恐怕还是有问题：毕竟中考是社会公认众所周知的最最最重要的、最最最关键的一次战役。比起同学们来，亦池似乎过于松弛了。亦池依然不上任何校外培优班，依然没有进行特别的强化训练。我的这个傻丫头啊！优点是单纯憨厚，也许缺点也是单纯憨厚。就是从亦池请客的饭局上，也不难看出中考形势的紧张。这一伙子少女们，再也难得像过去那样尽情尽兴了。她们在我家正吃得兴高采烈，忽然这个那个的手机就嘀嘀响了：家长在催促孩子去培优班上课！孩子们培优的地点已经遥远到了武昌华师一附中和华工一带，都是来去几个小时的路程。

面对教育态势和同学们的状况，面对成套成堆的数学物理奥赛卷子，亦池视而不见听而不闻，还把同学家长们怎么租房，怎么像猫捉老鼠那样对待孩子的故事当作笑话讲给我听。每个周末回家，她还是要与皮皮热烈玩耍，还是要溜旱冰溜到天黑回家。当天气好，阳光明媚，当花草盛开；当心情不错，我孩子还是要在钢琴上忘乎所以地弹奏，要坚决地带着耳机一边听流行歌曲一边写作业——我孩子长成少女了，进入少女的热烈追星阶段，进入对所有流行时尚和新鲜事物倍感兴趣的阶段，痴迷“野蛮女友”全智贤、小甜甜布兰妮、孙燕姿、周星驰。喜欢《飘》，海子的诗，卜劳恩的

《父与子》，宫崎峻所有的新片。喜欢电脑，上网，打游戏。我看在眼里，喜忧参半：喜的是我孩子没有呆掉，更开始懂得享受琴棋书画；忧的是拿不准她是否玩得太多？是否会影响中考？多少时间用于做题合适？与别的妈妈一交流，人家都说：所有时间做题都不够！

家长们的做法几乎都是“严打”：坚决阻止，严厉打击，经济封锁，贴身紧逼，把孩子的所有心思都集中在中考做题上来。我还是舍不得！而且我还是认为完全剥夺孩子青春少年的兴趣爱好，对孩子太残忍了。压迫与反抗，也是成正比的，心是压制不住的，太过的压力容易适得其反。每次考试成绩出来，每一阶段排名出来，亦池几乎都只是在十五名到二十五名，更惨的纪录也有，她惯于粗心大意，考分忽高忽低。我则总是很阿Q地想：在全班学生都上校外班的情况之下，我们亦池每周日都彻底休息玩乐，什么培优拔高都没有上，能够中等偏上，已经不错了。快乐与幸福对于许多孩子来说，还是未知数，遥不可及，家长们认定孩子的快乐和幸福只能是在将来，在考上重点大学以后，在重点大学毕业再完成硕士研究生和博士研究生以后，在完成博士后以后，在获得了高薪的工作以后。而我的孩子呢，快乐与幸福就是她的现在，就是她的每时每刻每一天——她已经比别的孩子快乐幸福——这不就已经取得了最好成绩吗？这不也就是我对自己孩子的全部心愿和终极目标吗？我也对自己孩子鞠躬尽瘁死而后已了呀——我无私到连希望孩子为自己长脸面的虚荣都放弃了。抓住现在就是！极力扛住就是！最多咱们再来一次临时抱佛脚。

结果这次连临时佛脚都没有抱，因为亦池认为靠她自己努力就好，她平时的确也在不断做题的。我想好吧，这个时候，亦池已经是大姑娘了，长得和我一般高了，她自己的事情，往往她都有自己的主意。我已经有点习惯顺从亦池了：强迫她去做自己不乐意的事情，效果怎么都好不了。

进入初三了。中考来了！

很遗憾我孩子出生在一个生育高峰期，从幼儿园到初中，班级都是人满为患，总在 60 人左右，连学生们上课之前站起来大叫一声“老师好！”桌椅板凳都要挤歪。2004 年的中考，全市考生人数高达 12 万人以上，而普通高中只招生 6 万左右。中考是残酷的淘汰赛，将会有 50% 的孩子被踢出局。而重点高中，尤其是武汉外校等几所多年来高考升学率百分之百的高中，招生的苛刻程度，怎么想象也不过分。对于重点高中来说，学校就是要千方百计选择最优秀生源，它们不仅要保持学校百分之百的高考升学率，还要争取出高考状元，高考状元已经成为重点高中的金字招牌。比如武汉外校，已经连续几届摘取或文科或理科或双科的高考状元桂冠，而这些状元们进入清华、北大的分数高出北京本地学生差不多100分以上，这是多强的实力和多大的荣耀，会带来多高的地位和多高的效益？！而外校，更具有国家特殊优惠政策：保送指标。如此，中考的竞争能不白热化吗？

恐怖的中考从大规模的省市调考开始了它的前奏，若干次调考，若干次模考，若干次成绩排名，若干次告示AB两套考卷的意义及其分数计算方式，并在最后无情地宣布：外校中考将面对全省招生总共440名。湖北省有好几千万人啊，老天爷！

满大街都是中考指南的书，教委编辑发售的，全国几大名校联合编撰的，社会何种出版社出版的，都不问价格了，家长们买了一本又一本。早早地，各种报纸连篇累牍登载中考试题模拟考卷，一个个特级教师出来释题，一位位专家出来教导学生们如何调整考试心态。营养学家和厂商推荐中考的益智食品和菜谱，医生介绍女生们如何错开经期。中考烦躁症、中考抑郁症、中考逃避症、中考反叛症、中考焦虑症与失眠症，都有医生和专家在报纸上给家长们开方子。保健药商家大肆叫卖补脑药健脑药，贼头贼脑的小贩在街头巷尾追着家长，饶舌地推销作弊的电子仪器。一时间，山雨欲来风满楼，不由你不心惊。

2004年的6月20日，又是一个热浪滚滚的日子，武汉的12万多名初中毕业生进入4005个考场，开始为期两天的中考。4000多个考场之外，团团守候的是12万孩子的父母双亲以及爷爷奶奶甚至还有叔叔伯伯或者姑姑小姨。我们娘儿俩，就在这几十万大军之中。马路上黑压压的家长们，个个都高度紧张，像热锅上的蚂蚁般来回奔波着，送鸡汤的，送炖补品的，送成箱牛奶、饮料和水果的。

我的婚姻在去年已经暗中解体，只是在星期天临时装扮成正常家庭，在孩子回家的这一天里蒙哄孩子，为她维持和谐环境，以稳定中考军心。可是她父亲拒绝参与孩子的中考过程，因为“这都是你自找的”。所以，我就活该吃苦，当然我愿意。我像其他家长那样，在考场附近预订了招待所房间。我也像热锅上的蚂蚁一样，在烫脚的大马路上来回奔波，买回来西瓜、水果、瓶装水、糕点、小吃以及防暑降温的、头疼腹泻之类的保健药。跑了好几家文具店，认真购买2B的考试铅笔，此前的调考模考，我都被假冒伪劣骗过。自然，还要为孩子父亲说个好话，说他实在有急事要出差什么的，说他好记挂你但不想打电话影响你情绪什么的。因为其他考生家家户户都是一家老少齐上阵，孩子父亲不露面，我怕孩子胡思乱想败坏情绪考试分心啊。

中考的两天四场考试，来了！大清早我跑出去买早点，亦池吃过，我送她步行到考场。回头赶紧跑到餐馆，点菜，排队——餐馆都是考生家长，拥挤不堪排队老长还为插队大打出手，买到饭菜赶紧跑回招待所，把饭菜用被子盖好，夏季也不能吃太凉的，怕她不可口怕她受凉闹肚子，再赶紧跑去考场接孩子。我们就娘儿俩，没有亲朋好友送鸡汤补品或者现场助威，没有七大姑八大姨一起陪孩子到考场：再三叮嘱啊，为孩子摇扇啊，喂水喝啊；又有父亲跑步前来，他发现新复习资料了，得赶紧让孩子再瞅一眼啊！还有一位父亲，发现自己孩子座位靠窗，就爬上了紧傍窗口的大树，说是为孩子驱赶聒噪的知了。

我送给孩子的只有语言，只一番话。在面临大考前夜，我们娘儿俩洗好澡躺在床上。我说："亦池，你就和平时写作业一样正常考试。万一考砸了，也没有关系，妈妈不怪你，咱们不怕的。有什么了不起的呢？和妈妈一起开餐馆去！你知道不知道你有多么能干？你五岁学琴，十二岁就考到了九级；两三岁自学画画，八岁就获得了文化部一项比赛的大奖。你七岁会炒鸡蛋。八岁会养狗。九岁以后会洗衣服，十岁开始电脑手机之类家电上手就会。家里的音响、电脑、门锁甚至马桶，许多次故障不都是你鼓捣好的吗？不是妈妈吹牛，现在的孩子，咱们出去比一比，有几个比你动手能力更强的？

尤其像你这种重点学校学生，高分低能和高分弱智多得是。千里马也有失蹄的时候，万一偶然失误或者发挥失常，咱们多得是路。三百六十行，行行出状元，这不仅是一句俗话，这是绝对真理。就你现在这水平和能力，弹钢琴，教钢琴，做网络，画动漫，软件设计，服装设计，室内设计，哪样不行？再不济，咱喜欢动物，咱学兽医，咱一定会做得很好。”

亦池很开心，说：“妈妈你好肉麻啊，我有这么好吗？啊，我最喜欢当兽医了。总能够和动物在一起，真是开心。”

亦池一骨碌爬起来，直立在床上，跳蹦床。跳啊跳啊，真是好开心的样子。孩子情绪调整得不错，我很宽慰。两天的考试，亦池吃饭睡觉都很香。夜晚还自己要求复习功课。一考完，咱们娘儿俩就放松去了，去吃比萨，去看电影，逛民众乐园，悄悄点评美女。

公布中考成绩的时间到了，热线电话却根本没有按时开通。为什么？都不知道。备受煎熬的日子啊，分数与录取线迟迟不公布，情况被搞得晦涩不明，校长老师一律都不接听电话，小道消息和各种谣言在家长中乱飞。连考试都不能让亦池流泪，却被这些扑朔迷离的录取过程搞得几次三番抹眼泪了。我只有指派我们家忠诚不贰的皮皮负责逗乐亦池，皮皮的安慰对亦池效果极好。

最后的结果，终于公布了：亦池的中考成绩过了外校高中录取分数线!

中考又过了!

有趣的是，还是和初中一样，又是险过！这次外校从本校只录取了280名高中生，按分数排名，亦池第250名。我简直太高兴太满足了！我们真的不要中考状元，不要或前三名或前十名。我孩子不是天才，只是普通人。我们是60分万岁主义者：少一分流泪，多一分太累。我们只要平常快乐与轻松的日子。要每天的、当下的、时时刻刻的、不焦虑、不纠结、不高度紧张，可以该干吗干吗。健康、快乐和轻松，加上能够考过——这就是我孩子给我这个妈妈最美满的好梦了。

打得赢就打，打不赢就跑

赢得了中考，亦池收到武汉外校高中录取通知。我们大有劫后余生的惊喜：娘儿俩旅行去也！

我和亦池踏上外出游山玩水的旅程。这是事先就答应过亦池的中考大礼，只不过事先说好：不管是否考过，妈妈都要践诺。考不过是散心，考过了是开心。现在我们十分开心了。

趁母女都开心，我得了却一桩心事，把我们大人离婚的真相告诉孩子。是时候了，无须再瞒，再没有必要也再没有可能瞒过高中三年的。事实上，从中考开始，亦池就已经主要在我这边生活，我这边是城郊，中考前一直号称所谓“妈妈的乡下写作屋”。离婚后，我放弃了市中心的住房，带着书籍和皮皮定居在这里了，亦池自然而然会跟着我和狗狗了。

那一天，我们玩过苏州来到了上海。我带亦池在南京路附近的一家百年老店吃上海传统的本邦特色菜。我点了春笋腌笃鲜、雪菜大汤黄鱼、冬瓜咸肉汤以及小碟。我们慢慢等菜，边吃边聊。

我字斟句酌地对孩子说：“亦池，我得告诉你一件事情，我和你爸爸……”

亦池立刻打断了我的话，她说：“我知道。你就不用说了。”

什么？我心一惊：“你知道？你怎么知道的？”

我的孩子，就那样，单纯憨厚，语气安详。她说：“我早就知道了。我上初中不久，无意间在书柜里看到了你们的协议书。”

反而我窘迫了，我们大人一直在费尽心机蒙哄孩子，其实孩子早就知道，并迁就了我们的蒙哄。亦池连忙解释说：“你们不愿意让我知道我就当不知道呗。我觉得你们一定是担心我学习分心，担心我像别的孩子那样闹别扭，不同意你们离婚，抱怨你们不为自己孩子着想，所以我就不吭气算了。”

我扭过头去，南京路上的人群来来往往，络绎不绝，谁知这人群里头有多少喜怒哀乐？我枉为一个作家，竟然不知道这人世间多少故事，个个都是唯一的，个个都是自己的，都是和任何别的人不一样的！我也枉为母亲，居然要我这还未成年的孩子哄着我，成全我。我的孩子，她不是别的孩子，她有一颗慧心，我怎么愚蠢到拿一般大众标准来推测她呢？结果三年来让她“就当不知道”，倒是实在给她添了麻烦。孩子真是不可以小看的！在她面前装了聪明，我实在羞愧，也实在为这个孩子如此沉得住气感到震惊。一般说来，小孩子都不愿意父母离婚，大吵大闹的多得是。

最后却是我的孩子给了我一颗定心丸，她明确表达了她的态度：妈妈，离婚是你们两个自己的私事，我不会干涉。照我看，你们也是不合适，老是吵架，还是分开好，分开以后你的脾气自然就好多了。再说家里的事情都是你做，你也太累了，分开你也轻松多了。她啥也不怕，最怕看见父母吵架。反正她的父亲还是她的父亲。她也会同样孝敬他。现在他愿意管她多少，愿意不愿意出抚养费，她都无所谓。妈妈你也不要强求。算了，别和他吵了。一个人是什么人就是什么人，吵是改变不了的。

这简直是我的孩子在找我谈话呢！她一边吃饭一边说话，眼睛看着菜肴，轻言细语，似乎漫不经心，神态一如往常还是憨态可掬，一点精怪灵巧没有，是那种大事也家常的气度，我的孩子！

好的，我说。我答应了我的孩子。不敢相信，才十四岁的孩子，可以懂事到理解离婚是父母双方的私事，不掺和，不搅和，把自己与父母的关系处理得如此简单又有道理，全然不存在社会流行的什么“家庭破碎小孩子最受伤”，“单亲家庭生活更难”，“在同学面前羞惭，说出去不好听”，什么“影响亲情影响学习”，这些我自己都挥之不去的社会压力，一点没有影响我的孩子。原本我以为还要面对亦池的想不通、受不了、不同意、发脾气、闹别扭、大哭大叫等等。一概都没有，在这个重大问题上，亦池大大超过我的估计。真好，真让我如释重负，我长久担负的解释重负，一下子卸掉了。作为一个逃离了婚姻的单身妈妈，我深深感谢我兰心蕙质的孩子，深到这种程度的谢意，反倒让人内心忐忑，郑重得发愣。只见亦池那雪白葱嫩的手指搁在桌子上，我想伸手去捏一捏都不好意思，无非就是一筷子一筷子给她夹菜而已。大概我们中国人骨子里头对于情感的态度就是这样庄重，连母女之间的恩情，也只须心有灵犀，默默相敬如宾即可。

旅行结束。暑假结束。外校高中的新生活开始了。

2004年8月23日上午，我去学校报名。现在学生开学报名都是父母的事情了。教室里父母们排着长队，我已经习惯了。我也排队，和熟悉的家长打招呼。初中同学已经大部分被踢出局，考上高中的家长们一见面，都分外亲切，都有为自己孩子骄傲的喜色，都为这骄傲喜色拥有着强烈共鸣：终于，我们的孩子是重点高中的学生了！几乎等于考上大学了——只是北大、清华或者是其他重点大学而已了！

但是报名的预感很不好。昨天夜里，亦池突然接到同学神神秘秘的电话，口头传达一个暗中的通知：说是明天家长一定要记得携带报名费之外的500元现钞。问：为什么？答：不知道。说是老师就是这样要求的，并要求学生们用电话互相口头通知，学校不会张贴文字通知。

排队报名的家长队伍慢慢移动，到了老师跟前，交了正常的学杂费，老师递过收据。紧接着，家长自觉再掏出500元现金，送到老师手上，老师压根儿眼皮都不抬地随意塞进了自己的裤子口袋，什么凭据都没有。这笔现金做什么用？一个字都不从口里吐出来。没有一个家长不顺从的，我敢怎么样？我不交钱，我的孩子三年高中就捏在他们手里，还有保送名额都捏在老师手里，我敢不交钱。可是这钱直接进了报名老师的裤子口袋，老师连个示意都不给，我们这钱，送人都送得好窝囊，连一个笑脸都没有。

10月20日那天，亦池年满十六周岁。我给她在家里拍了一组照片，然后带她进城。公共汽车很慢，到了城里，中餐馆的午餐已经打烊，晚餐还没有开始。我们饿了，只好去吃肯德基。在亦池买餐的时候，我找来领班，对领班说：“今天是我女儿的生日，你们的背景音乐可以放‘生日快乐’歌吗？可以一直放到我们吃完离店为止吗？ 如果我的要求给你们添了麻烦，我愿意为此另外付费。”领班热情洋溢地恭敬道：“没有问题，没有问题！非常欢迎您来我们肯德基过生日！这不需要您另外付费的！”

当亦池打开汉堡开吃的时候，“祝你生日快乐”唱响了。亦池一愣，开心地笑了起来。我说：“亦池，祝你生日快乐，妈妈今天就借花献佛了。”终于，我们终于在肯德基快餐店找回了一点可怜的自尊。我是打算为自己的要求付钱的，这个额外服务我以为肯定要付钱。最后我没有付钱，还看到了笑脸。

中考过程在亦池心灵上投下的阴影，我想是一个很不好的灰暗因素，更加刺激和强化了她自从幼儿园以来的每一次求学都遭受羞辱和盘剥的记忆。幼儿园、小学和中学，看情形恐怕还有将来的大学，好像并不是国家政府办学校办教育的初衷：一个启蒙和教育与培养孩子们美好生活美好品德和健康体魄的地方。对于我们，学校总是绝对的强者，解释权永远在他们手里。他们说一不二，家长和孩子们除了服从他们的规则，没有任何选择，这是一种受欺负的感觉。这种感觉真是冰冷凄凉。从孩子三岁进入幼儿园就伴随着她的成长。多次的冰冷凄凉，积淀在心里，感情上慢慢就有了问题。慢慢长大的孩子，有了自己的想法和脾气，眼界也慢慢开阔起来，开始想要反抗强权的冰冷凄凉。

因此，即便如此来之不易的重点高中，亦池上学以后似乎并不热情。

咱娘儿俩骑着自行车，驮上行李到达新的校园——外观看起来欧式花园一般洋气的校园，多少人可望不可即的校园，亦池没有其他同学的兴奋。我们铺好床铺整理好柜子，去学生食堂吃饭。亦池考进初中的第一天，考进高中的第一天，我都会要求亦池请我吃他们学生的食堂。饭菜比初中食堂要差，比想象的要差，价格不便宜，却没有什么新鲜鱼类或者瘦肉。亦池揶揄地说："开课以后还要更差呢，你这次吃的已经就不错了，你就别挑剔了。"好在现在我们的家，离外校不远，以后亦池可以请假回家吃晚饭。

只是亦池的缺乏热情让我非常警惕。我了解自己孩子。亦池如果没有足够热情，就不会获得全身心的快乐，没有全身心的快乐，就找不到感觉，找不到感觉就会影响学习，就保持不了学习的积极性和主动性。高中期间能否继续保持身心健康？是一个大问题。三年后的高考，能否继续保持良好的竞技状态，也是一个大问题。我想起亦池的初中，刚刚进校那会儿，她是多么兴高采烈啊。

我倒真是开始为将来的高考担忧了。

亦池高一的学习生活，还真是不那么顺意。开学以后，老师首先就是"修理"学生的傲气：不错，你们都是考进重点高中的，但是，你们不要以为自己有多么了不起！就凭你们这两刷子，离清华、北大还远着呢！现在，你们到了最关键的时刻！高中三年何等重要和何等关键，你们一定要心中有数！像你们这种一直能够考上重点中学的学生，如果将来考不上重点大学，还有什么脸见人呢？

考不上重点大学，就没脸见人——这是重点高中的日常生活文化，被学校和老师一再强调，成为重点高中学生们的生命意识。考不上就跳长江，长江又没有盖盖子——同学之间开的就是这种玩笑了。

高中一年级，开堂就是十门功课：政治、语文、数学、外语、物理、化学、生物、历史、地理、体育。不久就是家长会，老师警告家长：高中开始了！现在已经不能认为是日常上课，现在应该叫作“备战高考”！是一个非常时期了！你们的孩子很贪玩知道吗？他们很狡猾，他们会在深夜的宿舍打起手电筒打牌、看课外书籍、讲故事、瞎聊天、追星，会撒谎请假外出，跑到网吧去上网。请你们千万不要相信孩子的鬼话，千方百计注意他们的行为，紧密配合学校，严防死守，只有这样，才能谈得上三年以后考上重点大学！

于是纷纷地，有更多的妈妈陪读了，花很贵的租金，租住到了学校附近，有家长豪迈地说“这条老命豁出去了”！平时，家长们在校园的围墙栅栏外，眼巴巴等候，递进来各种营养品和肉汤饭菜。周末，家长守候在学校大门口，把下了晚自习的孩子接回租住房，自己就坐在孩子的身边，眼睛盯着他们做功课，彻底贯彻学校严防死守的意图。

亦池豪兴不减，依然邀请三朋四友，举行家宴，孩子们也都乐意来吃“池阿姨的招牌菜”。不过毕竟是高中女生了，不是幼儿园了，人大了更知道害怕，被逼近的现实震慑住了，不敢想象将来高考失利的后果。孩子们现在多是苦笑和幽怨了。她们纷纷向我诉苦：现在她们完全没有时间了，完全没有休息了，高中已经取消了音乐、体育以及所有副课，无论是在学校还是在家里，她们都只有做题做题再做题，考试考试再考试，一个星期天要上这科的培优班、那科的培优班，培优班连接着培优班。现在少女们的书包大得惊人，好几个孩子已经戴上了近视眼镜，个子也普遍不高，肤色暗黄，几乎没有身段的发育，缺乏十六岁女孩儿应该有的水灵和窈窕。按说，这个年纪的女孩儿，正是最美丽的青春时光，是她自己都要被自己花骨朵般的盛开所惊醒的季节，她们要从这里开始懂得憧憬、懂得理想、懂得幻想、懂得生命甜蜜，从而激情追求和努力发奋。可是我看到的，没有自然的觉醒，没有生命的享受，高中全部的目标和内容就是来势凶猛气氛恐怖的“备战高考”。

亦池照样没有上任何校外培优班，我们照样维持以前的轻松快乐生活：弹弹琴，听听音乐，照顾皮皮与它玩耍，摄影，画画，看书看漫画看宫崎峻动画片。我在后院种了一些菜，亦池也和我下地劳动劳动。乡下的空气和阳光很好，孩子也长大了，我们应该很轻松很快乐，我们看起来也是很轻松很快乐，但是高中功课实在繁重，写不完的作业做不完的试卷，高考阴影实在浓厚，显然我们也挣不脱，大有被笼罩感。我们的生活在外校的紧张度和同学们的紧张度的比照之下，是孤单清冷不合时宜的。

远远看起来很美的校园和学生宿舍，漏水漏雨，破败失修，我孩子宿舍的窗户和窗纱，都是我自己请了工人去修理的，不然蚊虫会大量钻进来，开学第一个夜晚，就把女孩子们咬得体无完肤。宿舍的摇头电扇摇摇欲坠，嘎嘎作响还时常忽然罢工，我们几个孩子的家长们就凑了钱，给孩子们宿舍装上了一台空调。武汉这么热，学习量这么大，至少得让孩子们晚上睡好吧？但是学校是不管的，尽管收费很高。

不放心亦池吃饭，我又特意去学生食堂吃了几次学生餐。饭食潦草简陋，冰冷生硬，蔬菜老得几乎是草，荤菜就是两三片肥肉。鱼是很少做的，因为鱼存在一个鱼刺卡喉咙的危险，怕给学校添麻烦。我与餐桌上的学生们聊天，问怎么回事。

学生们嘻嘻笑笑的，反问："你没有吃到蟑螂吧？那就不错了！"学生们说："瘦肉都是给学校领导和老师吃的。"

原来，教育改革，食堂也改革，承包出去给私人做了。私人当然是以利润为最高准则，当然会讨好和巴结可以给他承包权的学校领导。我看见许多孩子都不去食堂吃饭，爬上围墙的栅栏，从外面买盒饭吃。而那些围在学校栅栏外面的小商贩，都是无证经营，当然也是以最低成本获取最高利润，只不过用味精辣椒酱油把味道搞足一点而已，或许更无食品的安全和健康保障。

更可怕的还有一些关于女学生不安全的传说，高中校区位于城郊荒野，学校内一直在搞各种建筑，住着不少民工。保安不尽职，生活老师漫不经心，女生的人身安全很难保障。也有女生受到性侵的传说在暗暗流传，女生家长都很担心。我再三嘱咐亦池把手机小灵通打开，每天晚上就寝之前一定和我通个电话。一旦亦池忘掉了，我打电话过去又是关机，我的心就会怦怦乱跳，要么骑上自行车奔去学校看看，要么就是一夜牵肠挂肚，难以成眠。

除了紧张的大战临头的气氛、繁重的课程和超大量的作业之外，学校还一再地强调我们家长要高度警惕两大毒害：一是网瘾，二是早恋。网瘾和早恋，被视为孩子的洪水猛兽，被学校、社会和家长进行着大规模的联防和围剿，成为高中生们必须杜绝的禁品。

这种简单狭隘的思维和专横跋扈的说法与做法，如果是社会议论个人行为，我还可以容忍不予理睬。但是作为一个重点高中学校教育，我就强烈地不能够同意和接受了。孩子是个人啊，这种规定，不说是为了考上重点大学，就是为了考上皇帝，也不可以啊！人道是最基本的人性啊！我孩子受教育上重点，都是为了最终的成人啊！

因为写作的缘故，我们家很早就有了电脑，亦池自然就会使用了。周末回家，她经常使用，查找资料，下载琴谱，像《勃拉姆斯圆舞曲》《森林的呼啸》等等，她画画、制图、玩游戏、发电邮，生在科技发达时代的孩子似乎天生就与高科技有默契。网瘾怎么造成的？错误还是根子在成人世界，学校和家长首先妖魔化了网络！这个年龄段的孩子们，他们意志力薄弱而好奇心特别强烈，对新鲜事物跃跃欲试，急于了解和试图掌握这个世界。如果成人社会首先能够正常和健康地对待网络，好了，那么就不会有太大问题；可是现在成人世界把网络当作了洪水猛兽，这一下对孩子们的诱惑就大了。

亦池上网，我非但不禁止，还经常和她一起上网。我认为孩子能够无师自通地学会电脑，这很好，这也是一项基本生活技能。我让亦池教我玩网络游戏，了解游戏的一般规则，分析和发现优缺点——在与她一起玩乐中及时掌握她的感觉，及时纠正，润物细无声地纠正一些过度的执迷，就和她儿时感兴趣的所有游戏一样，就跟捉迷藏、骑自行车、溜旱冰、玩扑克一样，刚刚上手的时候，都是很大兴头很大迷劲的，但是学会了，过一阵子就慢慢常态了。这些东西都是工具，都是过程，都是为自己人生服务的。我要我的孩子以平常的心态接触网络，在这个过程中，慢慢消解新鲜感，获得对待网络的常识。果然，亦池就从来没有产生什么令她不能自拔的网瘾。

第二个洪水猛兽“早恋”，在我这里根本连问题都不是。早恋这个词，在我看来就不合正理。恋爱是人的一种正常感情活动，与生俱来，早也可能发生晚也可能发生，三岁的孩子还会爱上幼儿园女教师呢。一个人拥有爱的能力是好事情不是坏事。

这也许是我开通，也许是别人的不开通。恰恰相反，我一直关注和担心的是，在我孩子的生命成长过程中，在她进入女性发育的时期，在她应该情窦初开的年龄，她应该具有正常的生理意识和心理反应。我可喜地看到，从幼儿园开始，就有很可爱的小男孩，向我的亦池献殷勤。之后，小学、初中到高一，一直都有，我一直都是心怀喜悦的，并且我会把这种喜悦感传达给我的孩子，让她为自己拥有男性的青睐而肯定和喜欢自己的性别，为自己的性别感到自豪和自尊自重。

亦池从小就是五湖四海广交朋友的，一向视男孩子为正常伙伴，说话聊天开玩笑，也还比较善于和男生交往。亦池没有看到男生就脸红，更没有男生敢于轻佻地对待亦池。当一个女孩子自尊自重和有分寸，其实男生是不敢随便的。至于男生的爱慕，是很自然的。一个少女，如果连爱慕的男生都没有，那才叫失败呢。

高中除了“备战高考”，还是孩子发育的关键时候，学校完全放弃了德智体的全面教育。连生理教育课本，都只是发给学生们自己翻翻。心理健康与生理健康，人生这个时期会发生什么变化，都被“备战高考”取代。这样的高中教育令我震惊到哑口无言，如果我孩子将来连一个正常的人都做不到，那即便考上了重点大学，又有什么意义和价值？仅仅是说出去好听、面子上好看、获得别人的羡慕和嫉妒——靠这个生活一辈子？！

亦池高中第一学期，学校的状况让我高度紧张，亦池与学校教育方式的对立情绪也让我高度紧张。有一天我发现家里的榔头不见了，顿时一身冷汗。因为我清楚地记得这把榔头是我前几天修理东西以后放回工具箱的，家里又没有任何别的人，莫非是亦池带到学校去了？可是她带榔头干什么呢？为什么又不告诉我呢？

结果是我完全无法猜测的：榔头正是亦池偷偷带到学校去了，藏在她宿舍的铺盖底下。原因是学校长期把钢琴锁在库房里，从来不让学生使用，只是来了上级领导和外宾的时候才抬出来摆摆样子。亦池和另外一个喜爱音乐的女生密谋，她们用榔头把库房的锁敲掉了，还自作聪明地另外买了一把相似的新锁挂上，将钥匙握在自己手里，得空就溜进去弹几手钢琴。不幸几天之后就东窗事发，因为老师的钥匙开不了锁啊。有关老师立刻认定这是一种可耻的强盗行径，学校展开了侦查，号召学生们互相揭发，并且有人扬言：如果找出了这个小偷，他保证这个小偷将会死得非常难看！

可怜两个热爱音乐的高一女生，立刻订立了攻守同盟，发誓绝对不承认、绝对不出卖对方。亦池躲在校园偏僻阴暗的角落和我通话，我问是否需要我去给学校解释一下请他们理解，亦池惶恐地叮嘱我说："妈妈，你千万不要傻到去和学校讲什么啊！千万不要试图和他们解释，或者请他们理解啊！我们一旦暴露，绝对死定！"

我被学校这种粗暴无理的举动惹恼了。我从来都尽量提醒自己，在孩子与学校的关系方面，我要相信学校，不偏袒孩子，这次我就是要偏袒一回了。我说："砸得好！学校锁上钢琴本来就不对！" 我告诉我的孩子："放心亦池，我不会傻到信任他们的。你们什么都没有做错。如果万一暴露，谁让你们死得难看，我一定让他加倍偿还！”

我已经准备好了，如果真的有哪一个老师对这两个女生来一套什么“让你们死得难看”的处罚，或者处分，那我坚决要他首先“死得更难看”！

从小似乎天生就性格温顺的亦池，幼儿园以来的十几年都没有与校方发生过任何冲突，高中第一学期，居然就爆发了这么一场尽管在暗中却还是比较凶险的较量。高中生受处分，要进入个人档案，以后大学录取和单位用人，都会看档案，会抹黑学生的一辈子——据说是老师说的。胡说，我给亦池打气：别怕！这纯粹是胡说！弹个钢琴就处分、就抹黑一辈子啊！

重点高考，费了九牛二虎之力考进来的高中，第一学期连续发生着不愉快的事。往后怎么办?

按照第一个学期的期末考试成绩排名，亦池名列第13名，全班总共57个学生。亦池给我分析，这个分数和排名，很可能是她整个高中的最好状况。亦池坦率承认：她再努力也进不了前三名。首先前三名的做数学题，的确都有过人之处，她没有他们聪明，她肯定考不赢他们，前十名恐怕都考不赢。再次，她也不愿意像前三名那样“刻苦”，那样“死做题”，那样除了做题就是做题，什么都不知道都不参与，“傻里傻气地过日子”。最后，亦池更不愿意像某个数学高分者，一受同学们欺负就只会跑去找数学老师哭诉。

那么，三年后的高考，我们就不难预测了。我们母女反复分析：一般说来，亦池考上一个大学没有问题，但是全国重点大学肯定很难。

“可是妈妈，”亦池还是那样的文静却用充满自信和向往的口气，对我说，“我觉得像我这样的学生，应该有资格进入中国最好的大学，获得最好的大学教育。”

“是啊，德智体全面发展的学生。”我说。我们大笑起来。

我完全同意亦池的分析和看法。就眼前的教育体制而言，我们遭遇了无法逾越的障碍。

亦池在她求学的过程中，一直进行着跨越障碍的比赛。从幼儿园到小学，从小学到小升初，从小升初到中考，她都有惊无险地跨过去了。但是大学这道跨栏，亦池感觉自己没有把握了。十六岁的少女，花样年华，风华正茂，已经有自己的激情和思想，有自己的渴望和美梦，特别希望将来的全国重点大学，其教育是那种追求整个生命的快乐幸福、创造能力和价值感的教育，这样即使她在高中三年卧薪尝胆，也物有所值。我们已经十分关注大学教育。亦池也很清楚地看到，连大学教育也在改革开放中发生剧烈的变化，资本与市场使得大学日益体制化、官僚化和商业化。大学教育中的学术与思想、自由与创造，显然受到了极大的限制和戕害。假设亦池拼命三年，考进了最好的大学，将来呢，也不见得就能够被教育成一个“德智体”全面成熟的青年，也肯定满足不了亦池的渴望和美梦。

亦池行不通了，我们行不通了。

就在这个秋天，这个高一的秋天，在亦池的期末考试结束，班级排名出来之后，一个石破天惊的想法出现了！亦池对我说：“妈妈我想出国！”我还没有回过神来，亦池神色坚定地重申：“妈妈我要出国！”

亦池做出这个大胆设想的时候，还没有到她的生日，严格说还是一个十五岁的孩子。一个妈妈更为担心牵挂舍不得放手的女孩子。

这么一个小女孩子，独自出国念书，那怎么可以？！这是我的第一个念头。

因此，第一次，我并没有太当真。我想冷处理看看，看亦池自己是否激动一下子又过去了。可是没有。一段时间过去，亦池居然自己已经更进一步了，她就那样开玩笑似的告诉我：“妈妈，我在网上找国外的学校啊。”

我说好啊，是个方向啊。

没有想到，我的出国念书只是一个方向、一个设想、一个退路，以为这样想想心里就可以放松一些，“备战”就不那么难熬，等三年以后考不上满意的大学，再出国不迟。亦池可不是这么想的，这孩子是动真格的了。已经经常用英语直接上国外的教育网站，在那里认真地浏览和考察着一所又一所中学。

我看着这光景，不免忧虑重重。我诱导亦池，说我们其实是可以转向的，人生除了考重点大学，还有其他许多选择。比如拍电影，从场记开始做起到做导演。或者演戏。或者编剧。或者写作。有多少女孩子，都是乐意进入影视圈、写作圈，乐意成名成家，乐意爆红当明星，甚至乐意只要上央视，就会全力以赴。成名要趁早啊——女作家张爱玲这句话鼓励了多少青少年，亦池也是喜欢张爱玲的。就这方面来说，亦池实在太有条件了。光是我的小说，影视界都改编过十几部了。在我们的生活中，制片公司、剧组、导演、明星一直都是频繁往来的。起先，我也和许多母亲一样，努力为孩子提供各种机会，带着亦池一起去摄制组，看导演拍戏。导演都是朋友，临时给她安排一个小孩子的角色，那是举手之劳，说不定亦池就一举成了童星呢！

我指望通过和明星们的接触，亦池会喜欢上拍戏。她和葛优玩，和梁天玩。蔡明一口一个宝贝儿，把她牵在手里，教她扎纸鹤。敬一丹把她揽在怀里，和她谈天说地。我记得那是早年，在武汉最豪华的亚洲大酒店，亦池一个小毛丫头，她还嫌人家那英土气，不稀罕。她更喜欢的是有一双柔嫩纤手的蔡明。直到多年以后，那英和王菲唱《相约九八》，亦池这才首肯，评价说："哦，那英现在成熟了。"

亦池去过拍片现场，亦池总是看得嗤嗤发笑。回来就当游戏做，开拍——停！开拍——停！她戏谑地告诉她的小朋友："这就是拍戏。"她说"妈妈我不想再去现场了，再去我都不想看电影了，多假呀！"早年，亦池的父亲在电影制片厂工作，也导戏拍片。我们曾经恳求小亦池出几个镜头，小亦池坚决不同意，大家拽她，她竟然哭了。

蒋雯丽来武汉拍我的电影《你以为你是谁》，就住在我们家附近以便和我交流。蒋雯丽与一般女演员不同，文化感很强。我想带亦池去见一见，她却说："我没有时间。"姜文和我在汉口的一家饭店谈剧本，门外围了多少兴奋的姑娘们啊！闹得我们都无法出门吃东西，只好叫餐进房间。回家我向亦池推荐说姜文是中国最好的演员之一，亦池也只是说了一声"哦！"她在入迷地看米老鼠唐老鸭，根本对姜文不感兴趣。我也曾经建议她准备一个签名本，她似乎也准备了一个，但是只签了一两次，本儿就弄丢了，她也就不再有兴趣找任何人签名。后来《生活秀》电视剧和电影套拍的时候，亦池已经是矜持的少女了，那天我没有时间做饭，她只得跟着我到餐馆和剧组进餐。席间她根本不看人也不说话，还都是人家明星拉着她合影。回家以后，她甩给我一句话，说："瞧这一台演员啊！我看你这电视剧多半要砸。"

我的电视剧当然没有拍砸。亦池已经女大不由娘了，眼界已经很高了。

还有写作和出书，成为作家，这又是多少孩子渴望的呢。亦池的写作本来也还不错，兴趣来的时候也曾替我的书写过后记。《文摘报》转载了。也曾不止一家出版社约稿，他们想为几个作家的孩子们出一套丛书。我征求亦池的意见，亦池的态度比对待影视要强一些，不忍心打击我，说："嗯，是一个好机会啊。"但是，说了就放下了，也不再主动提起。我见她始终就是没有兴趣动手，我只好向出版社朋友道歉，请他们放弃。

以上种种选择，不也都是那种可以追求个人生命快乐幸福、创造能力和价值感的生活吗？可惜亦池没有兴趣。我问她的兴趣在哪里，亦池说："我也不知道嘛。或者以后、将来，我在我的专业领域，我也会成名成家的。"

我问："你将来的专业领域大概是什么？"

亦池还是一脸无辜地："现在我怎么知道？我还小，还没有找到感觉，你等着吧。"

我再一次追问："你喜欢什么嘛？"

亦池还是如三岁时候一样的回答："喜欢玩。"

我是哭笑不得了。一直都有亲朋好友看我这样带孩子替我着急，也批评我，说："总是听小孩子的怎么行？一个小孩子知道什么？为了她将来好，强迫一下怎么不可以？太迁就孩子了以后后悔都来不及！"

但是我就是不能够不听孩子的。我就是不愿意强令孩子。不愿意看她露出弱小动物的眼神。再说天生的兴趣和爱好是强求不来的，我只好罢了。

我们居住在城郊，生活是这样乡野清静，我带亦池躬耕自种，吃自家种的蔬菜，与蔷薇、月季、金银花等一些花花草草打交道。第一个春天，这些知情知意的花草就盛开了。亦池喜欢得紧，拿它们当作摄影与绘画的模特。我看我的孩子头戴遮阳帽，在画架面前，一画就是几个小时，如痴如醉，艺术的光芒照亮了她粉嫩的脸庞。我的女孩儿是如此鲜艳明媚，与我家院子里所有花草一样，自顾自盛开，是自然的艳丽又是俗世的糊涂。我这孩子啊！最后她把画笔一搁，说："妈妈，我还是想念书。妈妈，我想读世界上最好的中学和大学——最好的之一吧。我还想有许多许多我喜欢的同学。"

我还有什么办法呢？我还怎么可以拒绝孩子出国念书的要求呢？我只能鼓励她了，我说："好吧，世界上的好东西就是属于全人类的，你自己去争取吧。”

中国的改革开放和世界经济一体化给我们中国人带来的一个开创性的认识就是：世界是你们的，也是我们的。世界上最好的教育资源，你们可以享受，我们也可以享受。既然亦池坚决要读书，那么只能是此处不留爷，自有留爷处了。在我同意和支持亦池以后，亦池欢喜雀跃，她可以在全世界范围内求学了！满世界找了一圈，满城市打听了一遭，眼花缭乱，尤其是留学中介，一番奔波以后这才发现，留学中介公司普遍可怕，大都是唯利是图的。家长进得门来，没有什么话可说：他们会告诉你他们这里的学校资源都是世界一流的，但是首先必须交纳 2.5 万块钱，签订合同，然后你才有权利获得详细资料。熟人介绍公司比较正规，会介绍更多的情况，却同样，一旦涉及到具体事宜，就需要事先签订合同；当然价格可以优惠，人家会客气地说：“既然是池老师的孩子，那么就 2 万算了。”

折腾几个月，最后是在一位良师益友的指导下，我直接去了英国大使馆教育处。亦池在外校学的是英式英语，她最想去的就是英国。通过咨询和考察，发现我们的确被社会上的中介搞昏头了。我这才了解到：英国顶尖大学以及一批重点大学录取本科生，必须通过英国的 A—level 课程的考试。外国学生还必须通过英语语言的雅思考试。这个 A—level 课程的学习与考试，就相当于中国的高中与高考，并且统一由全国高考委员会阅卷打分。这个委员会的教授们是公开身份的，其资历、阅历、判卷能力以及公信力，接受全社会以及法律的监督，具有非常的权威性。在英国，有不少类似职业学校的学院，外国学生只要读了预科，就可以进去念书学习专业知识。但是要正经参加高考，必须学习和通过 A—level 课程的考试。

换一句话说，如果我的孩子要享受最优质的教育资源，要在将来能够选择顶尖的十余所大学，就必须首先学习 A—level 并且获得高分通过，而不是去读这个预科学校、那个语言学校、那个职业学院，一定是要正儿八经地去读高中。

在趟了几次浑水之后，我终于把事情闹明白了。我从英国大使馆教育处带回了厚厚的一本学校名册。这是英国政府官方发布的学校名录，介绍了上千所中学，当然是英语版的，我看不懂。我把它交给了亦池，连同我了解到的所有情况，我都如实地告诉了孩子。

然后，我们母女坐下来，进行了一番可行性设想和探讨，明确了一个方式。这就是：撇开所有留学中介，由亦池自己直接考察适合她自己的英国中学，并且直接投考。

我知道，我们这是自己给自己设立了一个相当高的门槛，这是一条别人没有走过的路。亲戚朋友的小孩子，多半都是经由留学中介出去的。而亦池，必须自己报名并且参加录取考试。录取了就上学，没有录取，就待在外校读高中。我也戏说：“不待外校就去剧组上戏。”

看来亦池真是与演艺界无缘,她倒也认真了,说:“绝不！”

由于我内心还是犹豫不决，由于我真舍不得孩子这么小年纪就离开我身边，也是为了掂量孩子的决心和能力，我们就做出了一个这样的决定。亦池面临的是一个极高难度的动作：报考英国高中。

我吃惊地看到，我的亦池，立刻变得愉快而欢乐，眼睛炯炯发亮，摩拳擦掌的，激情涌涌。也并不觉得我的要求太高。那副初生牛犊不怕虎的劲儿又出现了，承诺道：“好的。妈妈，我自己来。”

我的第一个预感是：这孩子能成。

尽管一切都还摸不着边际，尽管前路困难重重，但我相信这个世界就是属于不怕虎的牛犊子们。

咱们打不赢中国重点高中了。咱们打不赢就跑，亦池要开跑了。

世上处处行路难

在 2004 年那个寒冷得树枝都冻成冰凌的冬季里，亦池一边坚持着外校的上课，一边挤出时间在网上筛选中学。我们母女反复商量，拟定了几条选择学校的标准：一是该校历年来的高考升学率。亦池当然就是冲着将来的顶尖大学奔去的。当然是想和中国的顶尖大学比拼一下。当然是不服气了才跑掉，即便跑掉了也还是要证明自己是好学生的。二是我们不选择贵族学校。我们既没有那么多钱也没有显赫的家庭背景，我们做不了贵族也不想装贵族。三是要混校不要女校。这是我坚持的，我希望亦池不要被隔绝在女校，与男生相处也是一种人际关系的学习。四是首选国际学校。这是因为只有各种族的学生多，文化的融合才会更加广泛，学校也才会比较注重种族平等以及各种族的伙食特点。

最后，亦池自己还对国际学校做了一个乐观的估计，她说：“什么肤色的人都有，那样一定更好玩。”我的孩子，说的完全就是孩子话。

不久，我们选定了一所各方面条件都令我们满意的中学——和谐中学。我们将校名的英文缩写符号定为C.C。C.C中学在英国2400多所私立中学中，排名非常靠前，也属于重点中学，历年来它的高考率升学率也是百分之百，而能够以优异成绩进入英国排名前十位的顶尖大学的深造者，竟然高达89%左右。

遥远的求学之路开始了。我坐在孩子身边，看着我的孩子飞快地用英文写信，她是直接写给校长莫里斯先生的。写完之后，她把大意告诉我，我点点头，她就轻轻点击一下鼠标，发送成功。就这样，一封沉甸甸的求学信，眨眼就发出去了，令我恍若梦中。我并不敢相信会有什么结果，也不知道是否能够得到回信。因为在我的想象中，似这般重点中学的校长，那要牛到什么程度？那要忙到什么程度？他会理睬一个中国女中学生的来信？在我们的认识当中，谁有本事把中学生直接送进牛津、剑桥、UCL、LSE以及华威大学，那他该是牛到何等地步。

然而，五天以后，莫里斯校长给亦池回信了！我的孩子，在打开电邮的那一瞬间，肃然起敬到忽然退后一步，默默站立。“妈妈！”亦池一声高叫，我心都要跳出胸口了。

面对这份电邮，我不知道说什么才好。我心中的敬意与谢意，也不知道怎么表达才是。莫里斯校长他一定无法想象，他一封简单的回信，改变了我孩子的一生。本来我们是试探性的，本来我们并没有完全决定一定要出国念书，本来亦池还选择了其他的学校，本来亦池并不一定去英国，或许可能去新西兰或者澳大利亚，然而，莫里斯校长及时的回信，立刻拴住了亦池的心，还有我的。

我的孩子那个高兴啊，美丽的绯红在她脸颊上花朵般盛开。人生十六年，三岁开始在幼儿园接触老师校长，到现在，亦池头一次品尝到了学生被校长尊重的感觉，这是一种美妙的神奇的不可思议的感觉。亦池享受极了，也兴奋极了，备受鼓舞，饭也不吃了，立刻坐下来，动手回信。

亦池的上一封信，是投石问路，使用的是恭敬的模式化的信件语言。那么现在的回信，语言就活灵活现起来，字里行间充满了激情，她把自己现在的基本情况、求学的要求、求学的原因和心情，一一写给了莫里斯校长。连鼠标都带着孩子的激情，敲得嗒嗒响，信又飞向英国。

亦池激情的文字非常起作用，莫里斯校长次日就回信了。

可是内容却是一瓢凉水，莫里斯校长希望他及时的回信能够表达一些他对亦池的歉意，因为他的学校今年招生名额已经满员。他非常感谢亦池对他学校的信赖和选择，他建议亦池可以等到明年再次进行申请与报考。原来重点中学都有名额，英国也不例外。

那天下大雪了，北风呼啸。黄昏，亦池冒着大雪，请假从外校赶回家来，为的就是看莫里斯校长的来信。莫里斯校长的信让亦池的情绪一跌千丈，沮丧得不行。我建议和鼓励亦池继续写信，再试试看嘛。一般国际学校的招生，尽管报名已经满员，但是变数也很大，因为各个国家的情况千变万化，随时都有已经报名的学生不能够按时上学。心诚则灵，再写一封求学信去，感动莫里斯校长，假如，万一，出现空缺了，他应该就会想到亦池啊。

亦池看着我，垂头丧气的。我给出了更加具体的建议：这封信就从亦池今夜冒着大风雪赶回家巴巴地要看莫里斯校长的来信写起。你为什么急于求学于他的学校？你在中国的高中遭遇了怎样的问题？你看重他学校的是什么？又渴望在他学校学到什么？我的孩子，你都坦诚地告诉莫里斯校长吧。

亦池听从了我的建议。当晚，她就给莫里斯校长写了一封长信。果然，莫里斯校长深受感动，翌日又复信了。他答应亦池，他愿意随时把缺额提供给她。不过，他也严肃地告诉亦池：即使有了缺额，亦池还要通过 C.C 的招生考试，如果考试不及格，他就无法录取她了。

一看有戏，亦池精神立刻高涨起来。又是动手下载 C.C 的招生申请表格，认真填表，又给她充满敬爱并且有着高度信任感的莫里斯校长回信，表示她在耐心等待缺额，并十分乐意接受 C.C 的招生考试。在发出这封信件的同时，亦池还决定发去一张自己的照片。

大雪纷飞，北风呼啸，我们家的北边书房，开足了空调温度也只能达到摄氏 15 度。亦池埋头在电脑上写信，修改，再写，再修改，字斟句酌，然后认真挑选了自己朴实而本色的一张照片。忙到凌晨了，亦池手脚冻得冰冷。我陪伴着她，为她参谋着。我只能用中文，全靠亦池自己转换成英文，是那种写作文一样的需要文采需要感情的英文。我没有听见亦池叫难，所以我觉得亦池英文简直太好了。其实我也不知道她英文是否真好。

在等待莫里斯校长提供缺额的日子里，每一天都无限漫长。

亦池每天放学都会请假回家。回家书包一甩，就扑在电脑上打开她的信箱。一天没有消息，三天没有消息，五天也没有消息。亦池绝望得快要哭出来了。我赶紧带她出去打篮球，结果球一出手，就弹在人家铁栅栏的尖刺上，刺破了。

兆头不好，亦池更加颓丧，再也不肯玩，扭头就回家，回家就闷在那里。我也没有办法。

忽然，亦池不肯回外校上课了。这怎么可以呢？事先我们商量好的：在亦池的求学成功之前，在外校的学习一如既往。我们也没有对学校和同学们公开我们的想法和打算。一切都是未知数。已知的就是亦池还必须坚持外校上课。

我劝亦池，我骑上自行车送她，我和她细聊：孩子啊，求学失败其实是我们预料之中的结果之一，我们必须有勇气面对；我们说好要坚持外校的上课，我们也不能食言和放弃。现在只是几天没有消息而已，我们怎么能够自己首先乱了方寸呢？亦池，你一向沉着冷静的，现在事情正在过程当中，你一定不能急！我的孩子，世界上的事情就是这么复杂的，但是复杂并不表示最后结果不好。只要自己冷静，坚持和随机应变，复杂的过程之后，往往会出现一个好结果。

行了行了！亦池说。孩子不爱听妈妈啰唆这样一些话，我知道。可是我还得说啊！我想将来孩子自己做了母亲，她就会明白的。

我一直把亦池送到晚自习的教室门口，看着她走进去。然后，我一直守候在外面。我实在不放心亦池，她这样的极端举动，一向少有。我知道这是因为莫里斯校长人太好了，孩子自然也就抱了太大的希望。咱们中国人已经习惯别人对自己不好，一旦太好，自己反倒脆弱起来了。C.C 中学哪怕是一个远在天边的云朵，因为有了莫里斯校长，也大大好过近在眼前的外校，亦池是在比较中难受得受不了了。

雪花纷飞，我在学校的广场上踱步。踱步的时候，我还在心中默默祈祷，祈祷苍天看顾这个好孩子。两个多小时以后，晚自习的下课铃声响了。我躲进大树的暗影里，远远看着我的孩子下楼。还好，她和同学们一起，似乎还在说笑。我放心多了。我悄悄尾随着这群女孩子，直到她们进入女生宿舍大楼。最后，直到生活老师咔嚓锁上宿舍楼的大铁门，我才悄然离去。

谢天谢地！受煎熬的时间并不是特别漫长，又过了两天，莫里斯校长来信了！他给亦池提供了一个缺额！亦池获得了一个名额！亦池破涕为笑。笑容未散，招生考试已经来了。

考卷由莫里斯校长亲自发来，密码是：勤劳的小蜜蜂。亦池只要把密码输入，考卷就会展开。20 道题目，40 分钟的时间。时间一到，卷子会自动闭卷收回。莫里斯校长要求：亦池必须独自进行考试，辅助工具规定是一本英语小辞典和一只最普通的计算器。莫里斯校长还清楚地告知：如果考生弄虚作假，那么将来到了英国，C.C 还将用同等程度的考卷进行再次复核考试，如果两次成绩相差太远，考生将被开除出学校，退回你的国家。

亦池啊！我的孩子，一个在中国繁多的课程中兼学英语的学生，对于英国重点中学的考卷，能有几分把握呢？

亦池却反倒踏实了。她说："如果没有考上，那就是我不行，不行就不去呗，要我去我还不敢呢。"

忙乱的是我。我又是赶紧请朋友来修理电脑，要确保亦池考试的某一天不出任何问题。我又向有孩子留学英国的朋友咨询，问她们的孩子是怎么考试的。有朋友说：我给你请一个英语老师守在旁边不就得了。有经验的朋友说：一般这样的考试，家长都是要请英语专家帮忙的，英国的考试，咱们多陌生啊。有专家帮忙，考上了再说啊。关键是你得能够进入英国啊，到了英国，哪里真有被他们退回中国的事情，英国的学校多着呢，在那里的中国人也多着呢，到时候朋友托朋友，还怕找不到一个学校念书吗？

我就这些建议征求她的意见。话还没有说完，亦池生气地横了我一眼，说："什么乱七八糟的！我又不是想混到英国去，我也不是随便读一个什么学校，我就是想要看看我现在的水平是否可以考上一个好学校。你干吗呀你！"

我只好批评自己了："好吧好吧。我庸俗！"

比比我孩子的一身正气，我还真是觉得自己庸俗了。

2004 年 12 月 18 日，这是一个星期六的下午，亦池在书房坐好，打开电脑，严格按照莫里斯校长的要求，准备好辅助工具。然后，示意我退出书房，她认为她需要独自考试。我完全理解。

我默默退出书房，带上书房的房门，和一位赶来陪伴我们的朋友一起，静静守候在门外。我不时地看手表，心在咚咚跳。这是怎样的考试啊，就三个人，就母女俩，就一个考生，监考的校长在另一个遥远的国度，孩子在做卷子，母亲的手却在发抖。

40 分钟过去了。亦池打开房门走了出来，泰然自若，觉得还不错。时间把握得不错，题目正好做完；内容主要是英语与数学，考试题目有一定难度，不过她并不觉得很陌生。

我试图从孩子平静的脸上找出一点什么，我的孩子真厉害，简直什么都找不到。她已经比我镇定。她说她如果考不上，她反而可以安心在外校继续上课了，反正是她自己没有考上，运气不好，怪不得谁了。

两天之后的 20 日，莫里斯校长来信了。他开头写道："Dear Gloria"，葛洛瑞娅是亦池的英文名字，这是她考上外校初中以后，在英语班级的学生名。莫里斯校长说："亲爱的葛洛瑞娅，恭喜你，你考得不错，你被录取了！"

太意外了！太不可思议了！我们都顾不得往下看信了！

我们跳跃起来！我们拥抱在一起！我和我的孩子，已经好些年不再这么拥抱了。孩子长大了，我们都羞涩于过分亲昵的表达。可是这一刻，一股不由分说的力量使我们母女簇拥在了一起。我这很难喜形于色的孩子，顿时喜上眉梢，开颜欢笑。皮皮也跑过来了，又蹦又跳，大凑热闹。朋友也来了，也和我们母女拥抱在一起，分享我们的快乐。

亦池就这样，不是很顺利地，却又顺利考上了英国的C.C中学。亦池乐坏了，这就赶紧收拾书包去了。以为背上书包，辞掉外校，就可以去 C.C 上课了。

还有签证呢。

跨国求学的成功，证明了亦池的实力，给了她莫大的鼓舞和激励。孩子自信心前所未有地增强，一夜之间仿佛就成了大人，举止神态都更加沉着和无畏。

第二天，我们在一起商量往下的每一个行动步骤，以及需要准备的所有东西：签证材料、签证、四季的衣物用品、申请银行卡、机票、行李重量、向外校辞行，等等，等等。我拿着笔记本，开列清单，杂事很多，脑子都有点不够用了。我的孩子，把我的笔接过去，她说："妈妈我来。"

我们撇开留学中介公司，亦池自己直接求学，她就已经为我们的家庭节省了至少 2.5 万元中介费。求学成功给了亦池极大鼓励，她建议我们签证也不要找什么中介公司了，其实个人材料都靠我们自己准备，中介只是翻译一下，又是成千上万收费，这笔钱我们完全可以节省下来。“不就是按照英国大使馆官网要求准备送签材料吗？”亦池认为自己已经有了学校录取通知书，也已经交纳了价格不菲的全年学费，签证只是一个办理正常出国的手续。亦池信心百倍，一鼓作气，一下子就像个当家做主的大人了，吩咐我说：“妈妈你准备资料，我来做资料的翻译件。”

我当然高兴地同意了。我们马上就自己动手做签证材料。尽管朋友给介绍的留学中介公司愿意给我优惠到 8000 元钱做一套送签材料，我还是接受了亦池的建议。更重要的意义在于，亦池在主动料理和担当家里重要事务；又进一步锻炼了她的英语能力；更何况还学会节俭，不随便浪费钱；这是一举多得的好机会。技多不压身，勤俭是个宝，这是我们中国人的传统美德。我想让我的孩子能够历练得更加能干，以后是她自己独身闯荡世界了，得靠她自己为自己谋幸福。

万料不到的是，当头一棒打来：英国拒签！

我和亦池当场拆开文件袋，一看是拒签，我脑袋里头轰轰作响，人蒙掉了。我都不敢看亦池。她还是个孩子，一个未成年的小姑娘，勇敢地做着别人没有做过的事情，千万里远洋求学，结果居然被是拒签，她进入不了英国。而且文件袋里头连应该有的拒签信都没有，据办事员说可能是签证官忘记了。整个一个没有理由的拒签，都没有地方说理去。我觉得英国简直太奇怪了，太不讲道理了。

C.C 中学开学的日期很快就要到了，这可是孩子自己好不容易考上的学校啊！在送签材料中，莫里斯校长亲手签名的录取信写得非常清楚：英国 C.C 中学很荣幸地期待着新生葛洛瑞娅小姐。我们不仅已经交纳了全年的学费，我们的资金证明也是按照英国大使馆的规定提供的。此时此刻，开学日期不可更改，学校费用已经交纳不可以退还，国际机票也已经购买。更没有退路的是：送签那天，亦池向班主任请了一天假，次日上学，她就发现，班主任居然已经把她的课桌撤掉了！亦池并没有向外校报告说她要离开学校，但是学校一句话都没有过问，就这么决绝无情地断了她回到班级上课的路。

当我终于不得不面对孩子的时候，亦池那一刻的神情，让我心如刀绞：亦池阴沉沉默的——是那种可怕的、与她这个年纪绝不相称的阴沉沉默。我知道她难受到什么程度了。这一下我急哭了。我再也忍不住泪水。我不知道怎么办。我到处打电话求助，到处询问，没头苍蝇一样乱撞。亦池，我的孩子，度过了最初的打击，开口了。她说：“妈妈我们得要拒签信。”

我一听，心头一亮，我孩子的理智居然比我恢复得更快，应对能力也更强，是啊，我们首先得明白拒签理由啊。于是，我强烈要求尽快补给我们拒签信，这是签证官必须给我们的文件。拒签信的传真件很快就来了，原来理由是英方认为我们家没有经济能力支撑亦池在英国的学习。拒签信写道："葛洛瑞娅小姐，你提供的资金证明是可以满足你在英国的中学学费，但是我们要考虑到你的监护人，你母亲将来的生活费用。"真是把我气坏了！我们提供的材料，分明不存在这个问题。的确我们不是富翁，但我的稿费和工资，已经足够亦池的学费和我的日常生活。怎么英国人同样也是认钱不认人呢！这不也是欺负人吗？

亦池说："妈妈，生气没有用的，让我来吧。"

在这种紧急关头，我这个一贯少言寡语的腼腆女孩，她的勇气和执着，令我刮目相看。我一直当她是小孩子，一直当她是柔弱的，一直当她没有什么社会经验。可是亦池沉着冷静地立刻提笔，给签证官写了一封信，埋头一口气写下来，打印出来是密密麻麻一大张信纸。这是一封遏制不住激愤之情的讨伐檄文，亦池理直气壮地告诉英国签证官：我们中国悠久的文化最讲究孝道，我们是百善孝为先的，我会首先孝敬我的母亲，我是在她能够确保丰衣足食的情况之下，才会求学贵国。我们并不看重更多的钱，所以才没有提供更多的资金证明。只是因为贵国的教育资源优秀，我也只是想去学习科学知识，以便将来更好地报效我的祖国，报效我的母亲。

信的最后，我的孩子写道：尊敬的签证官，我请你务必相信我，如果我妈妈没有这个经济能力提供我在英国的求学，我会是第一个反对自己去英国上学的人！

于是，我们重新整理增补了签证材料，把亦池的信放在首页，第二次送签。

就在离亦池的行期只剩十天的时候，签证下来了。亦池获得了通过。这一下，我们母女俩又不由自主相拥而泣了。

人生的路，就是这样艰难，充满意想不到的坎坷和曲折。亦池的同龄人，尽管在重点高中苦读也是异常辛苦，但是有父母陪读，一切由父母打点，辛苦只在埋头做题。亦池却已经经历了一场更为复杂艰辛的社会较量，心理承受能力接受了一次大起大落的锤炼。她处处与妈妈同舟共济，有商有量，从容镇定，语言能力出色。大喜大悲，悲欣交集，终于敲开了她自己的理想中学的大门。

除了为我的孩子高兴，我还能说什么呢？我还能犹豫不决吗？我还担心我的孩子在国外不好好学习吗？不，没有担心了。我知道我的孩子，当然会珍惜她自己好不容易好不容易才获得的宝贵机会。我唯一的担心是她还不到十七周岁。

我十六岁的女儿身高164公分，体重只有42公斤，每年秋季都会感冒咳嗽发烧，越看越单薄，越看越是小孩子，以后谁能够像我这样照料她呢？即便亲手抚养日夜相处也很吃惊原来十六年时间这么短，相处这么少，我觉得还远远没有够，孩子却急不可待地就要出门远行，展翅高飞了。

启程的日子到了。亦池连我送她去英国的要求，都否定了。这孩子特别心疼我的稿费来之不易。她从小到大都看着我在伏案写作，赶稿，赶稿，还是在赶稿。她在小学时候曾给我的《怎么爱你也不够》再版写后记，她在后记里写道："很奇怪，我妈妈和别的妈妈不一样，我妈妈从来不玩，她不会打麻将，不会跳舞，除了给我做好吃的，永远都在写作和看书。我不想长大了当作家。作家太枯燥，太辛苦了。"亦池用钱比我还节俭和抠门。我给她买衣服，她从来都是首先翻看标签上的价格，价格稍微贵一点，她坚决不要。亦池最漂亮的衣裙，都是我出国访问给她买回来的，因为没有亦池在我身边管束我。我和亦池不一样，我总是首先看衣服漂亮，非常漂亮和非常满意的，往往是在收银台才知道有多贵，也往往大咧咧就刷卡了，事后才发现价格太贵。

亦池说："妈妈，英国机票多贵啊！"亦池就是这样一个不说话的孩子，她喜含蓄，喜点到为止，特别怕肉麻和煽情。她更多的语言没有说出口，但是我知道她的言下之意是：英国学费已经够昂贵的了，来回路费的用度上，哪怕能够节约一点钱，就可以让妈妈少一点辛苦。亦池不多说，我也不多说，我只是坚持想去送她，我也只会简单地说："家里钱够用，机票钱有的。"

"算了吧！"亦池用玩笑话彻底否定了我，她说，"你英语又不好，怎么陪我怎么帮我？反而要我陪你帮你吧？我自己要出海关填写出境卡什么的，又要和学校接机的人联络接头，还要照顾你怕你走丢了，麻烦不麻烦啊？回头你一个人返回，又是火车又是飞机的，我还很不放心呢。"我是生怕给孩子添乱的，听亦池这么一说，再也无话，只能同意她的决定。

这一天，眨眼就到了。亦池，我的孩子，神情一如平常，依然少言寡语，淡然悠然，在浦东机场，背着她平时上学的那只双肩挎书包，手挽着我的胳膊，貌似逛街。最后来到了安检门，亦池完全跟平时上学一样，松开我的胳膊，朝我摆摆手，说了声："妈妈再见。"人就闪进了安检门，我都来不及抱抱她。她也没有什么分别意识，连头都没有回一下，迈着青春的轻快步伐，独自走向英格兰，独自走向她自己中意的中学，独自走上了她自己选择的人生之途。瞬间，就看不见背影了。我无法克制地，不顾及场合地，稀里哗啦哭开了。

英格兰玫瑰有坚硬的刺

飞机起飞了。在回返的路上，我恍然若失。夜里无法入睡，睁着大眼，靠在床头，看着时钟和电话，一个小时一个小时地计算着孩子飞行的时间。静夜里，我忽然被强烈的空虚感和害怕感所抓攫：亦池呢？我的孩子呢？真的就这样羽毛未丰就飞走了？她的英语能力到底这么样？ C.C 中学的考试获得通过，会不会是一个偶然或者碰巧？一个从来没有英语生活环境的孩子，一个十六年来除了在学校英语课上学学英文、生活当中不过是说一点“拜拜”的孩子，即将踏上一片完全陌生的英语领土，除了日常生活，她将要面对的可是专业课程的学习啊！

英国的高中已经分了专业，亦池在获得录取之后，我们已经选择了她的专业，有三门主课一门副课。一般学生在学习 A—level 课程之前，总要先学习 GCSE 课程，相当于初中，再循序渐进地考入高中。可是亦池一头就跑到英国直接读高中去了，两年以后同样面对英国的高考，其间还必须报考雅思，英国顶尖大学的要求是那么高，它对主课的成绩要求都是 A，雅思的听写读解能力平均分数必须达到 7 分，而亦池的时间，只有两年！

即便两年的高中，也是淘汰制，有留级和退学的。考分等级是：A、B、C、D、E、F，如果低于 F，那就是不及格了，那就将在每个学期的期末，被要求退学回家。英国的高中，尤其私立中学，同样看重高考升学率，甚至比中国更为看重，淘汰制就是为了保证高考的升学率。因为升学率是学校的实力、品质、优质教育、社会地位和名次排列的依据和口碑。在这一点上，私立中学铁面无私，毫不留情。

万一呢？万一亦池突然面对专业课程，有点发蒙呢？那些专业术语自然要比基础英语难懂得多！万一写作业和考试的时候词汇量不够呢？ A—level 专业课是人家英国人设置的，你又不习惯，又陌生，你一次听不懂就会慌神，你三次听不懂就会畏惧，你多次听不懂就会绝望。而时间是绝对的，没有任何退路的。英国高考和中国完全不一样，高中生平时的每一次作业、每一次考试，都将记录在案，都会成为高考成绩的一个部分。这就是说你一次都不可以懈怠和出错。高一以后，一些顶尖大学就已经来校考察生源了，而只有在一年级的所有成绩都是 A 分，才会被顶尖大学纳入考察视野。万一呢？万一亦池第一年就遭到淘汰呢？万一两年学习坚持得都很吃力呢？万一高考落榜呢？亦池受得了吗？她会遭遇什么境况？她还能够保持快乐和健康吗？英国高中和高考如此严苛，我轻易就支持了孩子，会不会是让我孩子去受洋罪？

人们经常用英格兰玫瑰象征英国，英格兰玫瑰花朵硕大，色泽艳丽，美丽非凡，人见人爱，尤其是少女们。亦池就是这样一个被英格兰玫瑰的漂亮所深深诱惑的少女，但是孩子们往往看不见玫瑰的尖刺。而英格兰玫瑰的尖刺，其坚硬锐利，经常会让采摘者受伤流血。我们成年人，是不应该忘记玫瑰有刺的，在决策之前，我们首先要看见的，应该是尖刺。我前思后想，胡思乱想，不停地抹眼泪，责怪自己。我后悔了。但是亦池已经在飞机上，已经在飞向英格兰。我后悔也来不及了。

从中国国情考虑，我觉得同意亦池出国这件事情，我还是有失稳妥了。退一步考虑，不管怎么样，亦池在外校的成绩也还不错，也是再熬两年就毕业了，高考应该问题不大。就算亦池万一马失前蹄，重点大学咱上不了，也不至于被淘汰和失学，怎么也可以上一个不太差的大学吧。毕竟在咱们自己的国家，毕竟人脉关系还是可以山不转水转的。英国我有什么办法啊？！我怎么就这么不成熟，一点弯都不转，一定要把孩子的个人意愿和快乐看得高于一切，一点策略都不讲呢？孩子的感情是不难理解的，可她哪里知道人生地不熟、语言不通、课程设置不一样，有时候几乎可以说是灾难啊。一旦这种突然的彻底转换亦池不能够适应，一旦亦池的语言能力不够驾驭所有课程，她还能够快乐和健康吗？

我是个成年人，我是孩子妈妈，我怎么就这么冲动呢！我真是越思越想越后怕，辗转反侧，更深夜长，怎么 12 小时过去了，还没有亦池落地的消息呢？我是千叮咛万嘱咐，要亦池一落地就打电话给我的。十六岁小女孩，独自一个人，第一次出国，飞了这么远，又一点不熟悉出海关的程序，她能够顺利和接她的人联络上吗？

时间又过去了大半个小时，按说飞机应该到了。我给浦东机场打电话询问，结果是该航班已经降落在伦敦西斯罗机场。我又连忙拨打亦池手机，无法接通，一会儿再打，还是无法接通，我这个没用的妈妈，顷刻间又是眼泪直往下淌。

看来，一踏上英国的土地，我的孩子就不顺利，就慌神了。我一次次地拨打电话，一次次地拨打电话，忽然，电话通了，亦池告诉我：原来英国机场临时增设了一个体检项目，对于在中国流行SARS以后首次进入英国的中国人，一下飞机就要进行体检，还要胸透和拍片——手机自然就被机场人员暂时保管起来。

好了。意想不到的插曲过去了。

亦池已经与前来机场接她的“帅哥”接头了，这位英国“帅哥”见面就赶紧替亦池拎箱子扛起包。亦池顿时感觉极好。她在电话里很开心，说：“妈妈，帅哥好绅士哦，一点东西都不要我拎。妈妈，他真的好帅哦！蓝色纯净的眼神跟我们家皮皮一样天真无邪。”

我被亦池逗笑了。她仗着对方听不懂中国话，就这样对我调侃那小伙子。我大大地松了一口气。

这是在孩子临走之前产生的一个典故。孩子临行之前，我向英国学校提出了一个要求，我说：“我作为一个未成年少女的母亲，非常担心孩子在到达一个陌生国家时候的安全状况，谁将去机场接我的孩子，我希望学校能够将他的照片电邮给我。”学校马上发来了的照片，是一个英俊小伙子，校方的电邮写道：非常理解您的心情，将去机场迎接葛洛瑞娅小姐的，就是这位帅哥约翰·克洛吉特，他将在机场举着葛洛瑞娅的照片。

这是英式幽默了，学校故意用了“帅哥”一词，我想是意在消除我的紧张。所以，此前我和亦池一直都习惯用“那帅哥”了。

几天以后,亦池就电邮发来了一组照片。这是亦池在C.C中学正式开学之前的暑假班，一个家庭式的学校。我看见了亦池的房间，看见了她使用的卫生间，看见了她带去的琴谱摆在了英国的一台钢琴上，看见了她和其他师生在花园里的烧烤野餐会，看见了她和老师的大黑狗的亲密合影，看见了她每天清早主动替老师遛狗的小路，看见了她们那天烧烤吃的硕大的鸡翅牛肉什么的。

亦池出国后的第一封信，是配了这些图片的，亦池与我说笑：“妈妈，你看见了吧，现在我过着‘腐朽糜烂’的资本主义生活呢。”

亦池还没有谈及学习和上课，不过她愉快饱满的情绪洋溢在照片上和字里行间。我大大松了一口气！看来，亦池的开端还不错。我知道，多少孩子说是想去国外上学，去了以后，特别是最初的日子，是要哭鼻子的，是要想家的，是要想妈妈的，是要很不习惯的，是要吃不饱的，每天都是西餐怎么吃得饱？亦池一概没有。或者是有一点，被她自己克服了？或者是瞒住我了？亦池不承认，因为亦池似乎真的习惯。亦池怕的是人，不是物。当她从外校那种高度压抑的环境里，突然来到英国和风细雨、充满人文情怀、充分尊重个人意愿的环境，亦池说：我简直太习惯了！这就是我想要的！

这孩子！完全跟上幼儿园一样：别的孩子总要哭哭，她却笑嘻嘻的。

接下来的日子，亦池不时发来她一些照片，非常有效地稳定了我的情绪，化解了我的牵挂和郁结。我不再颠倒反复、患得患失了。我相信了我孩子的话：这正是她所要的生活和学习环境。我相信我的孩子开门大吉，稳住了阵脚。

我这个情绪化的人，一下子又特别高兴起来，非常欣慰于我们长期坚持了自己的方式。显然我们家的教育方式，其实也就是生活方式，让我的孩子，更为自然地与英国的学习生活顺利接轨。接轨最初一刻的亲善大使，是一般人都想象不到的——是狗，一只大黑狗！

校长的大黑狗，先于所有的人，嗅出了亦池的到来。狗具有不可思议的嗅辨能力，英国的大黑狗居然就知道亦池是爱狗人，是养狗人，它率先冲了过来，热情迎接亦池，完全就像迎接它自己的亲密伙伴，或许亦池身上的确还有我们家皮皮的气味呢。我的孩子，亦池，一见狗就笑，他乡遇故知，立刻与大黑来了一个亲密拥抱。老师、校长都乐了。英国人太爱狗了，连看见爱狗的人，或者狗爱的人，他们自然都视为知己。最初的尴尬过去了。一个从来不在日常生活中说英语的孩子，一个既怕自己的英语说不好老师听不懂，又怕听不懂老师说的话，第一次开口的孩子，还是很有顾虑很需要勇气的。亦池好运气，开门就有大黑狗上来欢腾亲热一番，亦池自然就忘却了胆怯，开口说英语了。开头一顺，自信和胆量就建立了起来。

写到这里，我要再一次地说一声“谢天谢地”了！感谢天地大自然，感谢自然界的动物，从我们家的皮皮到花鸟虫鱼。只因亦池从小就喜欢在大自然里打滚玩耍，只因我和孩子坚持了这样的生活，十六年后，孩子居然得益于此，这真是万物有灵！

亦池四五岁开始酷爱狗狗。常常，我们带孩子出去散步，发现孩子不见了，原来是跟别人的狗走了。到亦池上学的时候，我和她谈了一个“交易”：如果她一年级读完，学习成绩好，各方面都表现不错，我就奖励她一只狗狗。亦池很乐意地答应了。果然，亦池的一年级表现得非常优秀，很快戴上了红领巾，还当上了班干部。我则兑现了我的承诺：有一天亦池放学回家，我让她瞧瞧门背后藏着什么？亦池一看，是一只可爱至极的小狗狗。亦池一下子甩掉书包，兴奋得满脸通红，抱起小狗狗跳啊唱啊。最后她感动到十分认真地表扬我：“真是好妈妈！”亦池没有指望我是当真的，更没有指望我会践诺。因为亦池父亲坚决不同意养狗。他认为养狗家里太脏了，养狗会危害孩子的身体健康，会导致孩子更贪玩，养狗还太麻烦，要洗澡、梳毛、打防疫针等等。他说的都有道理。唯独孩子酷爱，这个不是理由的理由，在我这里放不下。当然，我自己也喜欢狗狗。亦池不知道，在我再三保证狗狗的一切都由我来承担以后，亦池父亲勉强同意了。只要他同意了，我就不难找到机会实现对孩子的承诺。一只刚满月的小狗崽子，异常活跃顽皮，不停地蹦上跳下，让亦池高兴得不得了，欢喜得不得了，给小狗起名叫皮皮。还取了学名“吕亦皮”，并报上了“户口本”——养狗证。想不到的是，从此，亦池真像对待自己亲姐妹一样对待皮皮，皮皮也就一直是亦池最亲密的玩伴，连亦池练琴，皮皮都在一旁认真听。亦池任何时候不开心，皮皮都可以哄好她。皮皮懂得看亦池神色，知道疯狂和亲热到什么程度。对亦池，皮皮起到了我们父母起不到的作用。我们父母总有让亦池嫌烦或者害怕的时刻，皮皮永远没有。皮皮永远甘当亦池的忠实仆人。以至于亦池出国临行时刻，最舍不得的就是皮皮，抱着它都哭了。

是的，的确亦池和皮皮在一起会比较贪玩，亦池每天放学回来，首先就是出去遛狗，训狗，和皮皮捉迷藏、找钥匙、衔报纸、捕猎老鼠和蟑螂。的确，在这些时候，亦池的许多同学，都在写作业，在校外培优班上课，在没完没了地做题。

我不断受到抱怨和批评，包括我的父母，他们也都不赞成我的“糊涂做法”，有一个上学的孩子还养什么狗啊？！问题是亦池通过一年级打基础，已经养成良好的学习习惯，课堂知识复习和作业也都完成了嘛。这不就够了吗？独生子女有一个玩伴，性格都要开朗快乐得多了，你看孩子多快乐呀。快乐有什么用？！

十六岁以后，亦池的行为说明：快乐有用！养狗有用！太有用了！先前那成群结队苦苦培优的同学今何在？而亦池，已经找到了最合适自己的高中，如果学习得好，就可以报考世界最顶尖的大学，这些大学是连北大、清华都无法望其项背的。快乐怎么就没有用呢？

由于大黑狗与亦池的关系，校长一下子就特别喜欢亦池了。校长和亦池交流了狗狗话题，亦池把远在中国的十岁的皮皮，也介绍给了校长。具有十年养狗经验的亦池，获得校长的高度信任，把每天清晨遛狗的任务，交给了亦池。亦池出去遛狗，小镇的英国人惊奇地发现了一个爱狗的中国小女孩，纷纷与亦池打招呼。尤其是孩子们，又新鲜又喜欢，他们跑过来和亦池打招呼，搭讪，问好。没有几天，那些十岁左右的孩子们，就跑到学校来找亦池玩了。亦池就和那些人高马大的孩子们开玩笑，说：虽然我的个子没有你们高，但是你们还是小孩子，我可是十六岁的大姑娘了。

都是因为有了狗，亦池异国他乡的求学，有一个氛围轻松的良好开端。亦池的英语自然就流畅起来，每天，任何时候，和小镇上任何人的对话，都是学习。一个孩子这么突然地进入一个非母语的生活环境，日常对话是越多越好。亦池对动物植物都充满兴趣和爱心，原来这竟是她的福气。

亦池在暑期班六个星期的学习与生活，没有中国人，分分秒秒都是英语语境，亦池的英语神速进步。在国内，从来不肯参加任何竞赛的亦池，却接连参加了当地城市的两次竞赛。一次是“狗与我的故事”，参赛者要带上你的狗，登上台去，向大家讲述自己与这只狗发生的一个故事，然后由专门的评委来进行评比。校长推荐了亦池和大黑。

校长认为，只要亦池能够用流畅的英语把故事讲好，她和大黑就一定能够获奖。在校长和老师的鼓励下，在大黑的期待中，亦池勇敢地参加了竞赛。果然她的故事比任何人的都有新意。一个来自古老遥远中国的女孩子，与一只十五岁的英国大黑狗，他们一见如故，他们的灵犀与真情，感动了所有人，亦池和大黑，一举获奖。

第二个竞赛是本城的园艺花卉竞赛，这是一个多年的传统赛事，是本城人民的重大节日，居民们无不以参与和获奖为荣。校长询问亦池是否在花卉与插花方面有兴趣和技巧，亦池当然有，这就是我们母女日常的生活内容之一，这也就是亦池为了捍卫自己的生活而远赴英国求学的目的之一啊！亦池回答校长："我愿意去竞赛，因为我和妈妈种花，也经常会做插花。"

校长向亦池敞开了学校的大花园和工具仓库，让亦池自由创造尽情发挥。亦池选择了最漂亮的玫瑰，用废旧的木条木块什么的，制作了一尊插花。在竞赛会上，她展示了她的插花作品，并介绍了自己的构思，讲述了这个造型的美之所在。这是具有东方文化之优雅的一个插花造型，在所有参赛作品中别具一格，引人注目，亦池又获奖了！这一次是市长颁奖，郑重其事地颁发给了亦池一张大红奖证。

连续两次的竞赛，连续两次的获奖，极大地刺激和鼓励了亦池的大胆开口和叙述技巧，对于词汇量的丰满，对于英式英语的日常对话与深入交流，都是求之不得的语言强化学习和强化训练。六个星期以后，在她离开这个小镇前往 C.C 中学的时候，她情绪饱满，信心十足，对专业课基本没有畏惧感了。

亦池很快就让我对她放心了。我的孩子，在英国这个盛产绅士淑女的国家，以自己的中国教养和中国风度，获得了老师校长的高度赞许。有一次我给亦池打电话，我说我是葛洛瑞娅的妈妈，接电话的先生立刻热情洋溢地对我说："啊！

密斯葛洛瑞娅，good！ very good！ very very good！”我的自豪感油然而生，为亦池。同时非常庆幸我们顶住了无所不在的社会教育风气，顶住了中国强大的学校应试教育，顶住了来自亲朋好友的提醒警告劝说以及我们自己的摇摆不定，我们始终没有让做题和考分占领孩子的所有时间和所有注意力。我们从衣食住行到点点滴滴的行为举止，都是在和孩子一起学习常识中的那些优良态度。更庆幸亦池的天性又是那么醇厚，坚持培养下来，亦池宽容谦让，举止端庄，吃相优雅，从小就养成了习惯。她绝对不会敞开嘴巴大吃大嚼吧唧作响。她也绝对不会大盘大碗地拿过来，然后吃一半剩一半，又浪费又狼狈不堪。古老中国文化当中的优雅，这是英国人十分喜欢和佩服的。在中国，亦池并没有体现出太多优势，只是大家觉得她很斯文，吃饭聚餐绝对不会与同学争抢。去了英国，亦池的优势大大体现出来，令外国人不敢小觑，令孩子备受鼓舞，如鱼得水。孩子在这种良好环境里，快乐又自豪，智力获得高度激发和提升，功课学习事半功倍。原来一个人的文化教养，有着如此巨大的力量。

英国人十分重视孩子的动手能力，亦池略展身手，为校长和老师们做了一道我们家日常的黄瓜鸡蛋汤，翡翠般碧绿丝绸般柔滑，色香味俱全，赢得了大家的啧啧称赞。在课余时间，在英国人习惯喝上午茶和喝下午茶的时间，亦池乐意为大家弹琴。以至于那些对中国了解甚少的英国居民，那些对中国一知半解或者还心存偏见的英国人，对中国刮目相看。校长郑重其事地与亦池谈了个心：他说他从亦池身上，看到现在的中国孩子良好的教育状态，这使他产生了一个梦想，他想到中国去办学校，他愿意自己出资免费教授英语，让中国孩子在中国就能够学到纯正的英式英语。否则，日后他年纪老了，如果把他的财产带进了坟墓，那将是他十分可悲的人生结局。

亦池告诉我，说："妈妈，我高度赞扬和鼓励了他。我盛情欢迎和感谢他到我们中国来。"

我的孩子，我的孩子！亦池把我逗得：一个小屁孩儿，在英格兰的一个小城，俨然成为了中国文化的代表，小小年纪，就在为自己的民族争光了。真好！真是太好了！民族说起来是很大一个概念，当孩子一出国，民族就变成了家事，一个孩子就是一个民族了。一个民族的好，是与别的民族比较出来的：不仅仅是比钱的多少，更重要的是比文化教养，比典雅的高尚的举止行为。尽管亦池的留学生活才刚刚开始，尽管后面的求学之路还很漫长，英国教育举世闻名的严格严谨和严厉，亦池是否能够获得满意的成绩，最终能够学成并成人，都还是一个未知数。但是至少今天、现在，说明我们过去的十六年没有错。亦池已经养成的性格与习惯，看来是可以继续支撑她的求学之路的，这就是顺了。孩子不会有太大的别扭和难受了，对于妈妈来说，只要孩子不受罪不难过，这就是最好的。

C.C 中学正式开学了。亦池进入了严格的专业课学习。师生的比例是 1 ∶ 15。全校初、高中一共 300 余名学生。学生来自于世界 40 余个国家。学校纪律严格，考试频繁，课程内容层层加深。尤其它的高考制度，平时的每一次成绩，都是要占高考分数的。亦池一点不敢懈怠，学习非常紧张，夜晚熄灯时间到了以后，还会自己想方设法偷偷看书。可以说，英国高中的紧张度并不亚于中国高中，亦池比在武汉外校的高中投入了更多的学习时间。英格兰玫瑰的尖刺，就是这样坚硬。想要采到玫瑰，就得不怕尖刺扎伤。亦池是心甘情愿的，即便扎伤，也在所不惜。这是因为英国与中国有一个根本的不同：国内高中，是分数决定学生；英国高中，是学生决定分数。前者搞得人灰头土脸，很没有尊严，孩子是被迫的，心情压抑；后者令孩子心情愉快，自愿勤苦发愤。亦池的性格特点是：只要受到尊重，内心就会愉快；只要内心愉快，就容易超常发挥。至于学校都会用分数来作为选择学生的标准，这个亦池是明白的。

应该说，英国高中比中国高中，对学生的管教，要全面得多，严格得多。亦池在年满十八岁之前，属于未成年人，受到英国法律对未成年人的严格规范和保护。比如，初到学校，亦池不习惯的是网络，未成年学生在学校是不可以随便上网的。在中国，不仅是校内，学校附近也到处是网吧。英国中学，对未成年学生上网设置了限制，限制得非常彻底。除了在老师监管之下与家里通电邮，查学习资料，孩子们上网根本看不到在他们这个年纪不应该看到的任何东西，也根本不可能打游戏。巨大如植物园的学校，其附近和周围，还是巨大如植物园，只有树林、田野、池塘、鲜花和绿草，没有任何网吧，没有任何小商小贩和擂肥者。当然，更没有任何校外培优班，所有课余时间，都属于孩子们自己。

我最牵挂的是怕孩子万一被带坏，或者一不小心中招，我们都感觉国外到处是酒吧、舞厅，成人电影也会公开放映，人们不断开派对。如果亦池周末去泡吧、看电影、跳舞碰到坏人引诱怎么办？坏人总归是哪个社会都会有的。然而，学校都想到了，都有严格规范。校规规定：“如果学生需要在校外过夜，必须提前 24 小时告知宿舍管理员——亦池称之为‘房妈房爸’。而且只有在校长收到了你的监护人同意你在外留宿的信件或电邮，你才会得到校长的许可；而监护人的信息必须在每个星期五早上的 9 点之前交给校长。”亦池高中两年，从来都没有要求我替她向校长请假出去夜不归宿地欢度周末。没有这个必要，亦池说。学习虽然紧张，玩乐却也不少。

学校每周两次送学生们进城一趟。已经经过父母签字允许在英国看电影的孩子其中就有亦池同学，学校保证在晚上10：30之前把他们从电影院带回学校。每晚10：30，房妈房爸开始查房，敦促学生上床。如果孩子们玩耍得忘记了时间，房妈房爸会开玩笑，会善意催促。恰恰相反的是，如果孩子们不是因为玩耍而是因为做功课到太晚，则被视为无法理解的愚蠢。这一点在校规第9条里面规定得非常明确："校规第9条：你需要充足的睡眠来保证有效率的学习，请不要游戏到太晚，更不得学习到太晚。"

亦池对他们中学的校规津津乐道，告诉我说："妈妈，学校选择的词语非常明确和有趣，它就是认为游戏太晚还是孩子的本能，而学习太晚那就是愚昧可笑的了；因为那就说明是你心理很不成熟，还根本不懂得睡眠休息玩乐与学习效率的关系。"

我祝贺她："那就太对你的胃口了。"

亦池开心地说："当然！"

当然，C.C中学就是亦池的美梦，可怜从亦池小学就开始的学校压力、考试压力、分数压力、竞赛压力、培优压力，分数、排名、攀比、社会风气、舆论，一下子都从她生活中消失了。从前学校里，校长绝对不会事先征求家长和学生的意愿，都是霸王条款，都是强加，都是灌输，都是不由分说。

而C.C中学，哪怕是学校组织孩子出去旅行一趟，家长也会事先收到校长的来信，一是征询监护人是否同意你的孩子去旅行，二是如果你同意孩子去旅行，校长保证将由他亲自率领，并会确保学生安全。在亦池没有进入十八周岁之前，学校几乎什么动作都要事先征求我的同意。每个学期都通报孩子的考试成绩以及生活情况。亦池也源源不断地拍摄各种图片电邮给我。对这个遥远又陌生的学校，我才开始产生那种踏踏实实的信任。

其实也就短短一两个月，孩子已经完全改变了在国内的学习和生活习惯。国内高中生再紧张，老师父母盯得再严密，无奈社会环境社会风气，网络游戏、超女快男、追星风潮、闹哄哄灯红酒绿的饭局；社会上和家里，都有没完没了的麻将；人们有意无意中的权力金钱地位的炫耀和攀比；泛滥的手机段子等等，如水银泻地无孔不入，想让孩子完全不受影响，根本不可能。英国的C.C中学，就是学校，单纯的学校，纯净的学校，正宗的学校，传统的学校。这正是亦池喜欢的学校，也正是适合亦池性格的学校。

尽管两年以后就是高考，尽管学校也有升学率，尽管英国中学也有排行榜，尽管私立中学非常需要在排行榜上保持它的名次，最好是能够上升。但是C.C学校与全英中学一样，照常放假，假期很多，假日的名目也很多。学校的体育和音乐设施，都是全天候开放。每个学生一间宿舍。每周更换一次床单被套。外衣包洗。一天三顿正餐两道喝茶。上午11时喝一道上午茶，下午4时喝一道下午茶。校长每天清晨在食堂门口迎接学生，也是观察他的学生。如果看到男女学生手牵手的情侣模样，校长会绽放微笑，会恭维女生说："噢，你的男朋友真帅！"

不过，专业课老师也许就会在某一次的课堂上，和孩子们聊一点爱情。他会这样建议孩子们：你们正在经历人生一个非常特别的时期——高考过程。不过时间很快，也就一年以后见分晓。因此我建议你们，有朋友的不要失恋，没有朋友的不要恋爱，首先解决好高考比较合算，在这一点上我是有切身体会的。

学生们一听，都笑了。一笑之后，大多数学生会考虑老师善意的提醒。我的孩子，不仅会考虑老师的善意提醒，更是感动于学校的提醒方式：学校太把学生当人了！校长是那么呵护女生的脸面，老师是那么循循善诱四两拨千斤，校长和老师对学生的教育和管理，配合得是这么巧妙这么不露痕迹，生怕学生自尊心受伤而逆反，达不到学校教育和管理的初衷。亦池，也才十七岁，鉴于此前读书的十几年里，自尊心经常受到摧残的经历，她居然已经懂得用饱经沧桑的眼光去赞赏校长老师的态度和幽默感。我高兴地看到，亦池不仅在学习老师教授的课本知识，她还在学习老师身上更多的东西：做人和美德。说实话，我已经不担心亦池在异国他乡的“早恋”了。女孩子十七八岁，是一个危险的年纪，我的孩子远在英国，我鞭长莫及，要说一点担心没有，那是假的。不过，从亦池告诉我的所有情况和许多细节来看，我对自己的孩子更加有把握了。在管理得如此人性化、如此具体化的学校里，在亦池高度认同学校这种管理的心理状态中，亦池应该懂得节制，应该不会因为恋爱耽误学习。

C.C 中学没有早恋这个说法，也不存在这个问题。对于学生们的恋爱行为，学校似乎认为是天经地义的事情，是正常现象，因此并不会羞辱和严禁恋爱本身，而是用校规来规范，非常具体也非常严厉。学生人手一册并且在开学当天就发放的校规手册上，有一条：“如果你有男友或是女友，你们的行为必须是有责任感并且成熟的。你们要尽量避免在公开场合表现得过于亲密。在任何情况下男女生都不可以进入异性学生的寝室，如果违反这一条校规，双方都将会被要求移居校外，取消其住校资格。”亦池怎么可能去违反这么严厉的校规？即便恋爱，也有节制。我的担心，就这样，一点儿一点儿被安慰。

学生日程手册是每学期一本，一年三本，这本手册是孩子们的全面指南，开学就知道本学期所有课程、会议、活动、派对、晚会、假期、考试日期、考试科目，一应俱全，连时间与地点都已经具体到几点几分在哪里。全校所有师生的花名册皆注明个人身份证号码、性别、国籍、学籍、生日、宿舍楼号。每日早晚的执勤老师姓甚名谁，学校体育娱乐等各种设施几点钟开放和关闭，从学校往返休斯伯里小城的公车到达时间，全部明确并准确无误。连食堂专门开辟穆斯林伙食和素食主义伙食，对学生整洁的要求、服饰的要求，也都有清楚的说明。

校训开宗明义，只有一句话，据亦池说，从 1949 年建校至今几乎没有大的改动，那就是："我们中学是一个追求高水平，鼓励勤奋学习，成熟对待事物以及互相尊重的团体；学校教育并期望学生能够学会善解人意和懂得和谐；每个学生的目标应该是——在任何时候都成就他们自己最好的一面。"

我的孩子，佩服极了她们学校的校训，很快记住并遵照校训去做，她给予校训的评价是五个字："太有水平了！"

而校规的总则也只有一句话，它这样要求学生：所有以下细则都是为了保护每个学生个人以及我们这个团体；你要随时为别人着想；你希望他人怎么对待你，你就要用同样的方式对待他人。

这句校规使亦池倍感熟悉和亲切，她说："妈妈这和你说的一模一样。"

我说："是吗？我怎么不记得了？！"我们在电话里笑哈哈。我的孩子已经学会用开玩笑来夸我了。

亦池在英国一段时间，就逐渐恢复了小时候的那种十分松弛的精神状态，每个星期六星期天，只要没有同学的活动，亦池无不大睡其懒觉，常常睡到下午 1 点，那还是因为要接我的电话勉强起床的，在电话里，亦池还迷迷糊糊的没有清醒。我不免暗暗着急：这么迷糊？！怎么高考？实质上，英国的高中就已经进入高考过程了啊！我这孩子，到了这样的学校，是否太沉溺于享受了？当然，这些话，我没有直接说出口。我怕孩子厌恶，怕孩子逆反，怕孩子对抗，怕孩子扫兴。本来我就是非常信任孩子的，本来我就是生怕孩子不快乐的，也生怕打搅孩子平静的心情和学习的连续性，更加上亦池一直地持续地向我灌输她们学校的教育方式和理念，搞得我就更加注意了。就连通个电话，我都会事先和亦池约定，总是问她的哪个时间合适。在亦池给我的时间之外，我从来不曾突然打电话给她。这情形好像慢慢在变成我的孩子更多影响着我。我读过不少英国小说，也曾为《简·爱》在中国的中文新版写序。可是我得承认，自从亦池到英国读高中以后，我才发现其实我并不了解英国，在某种程度上甚至误读了英国。原来我的孩子，她自己去学习的同时，也开启了教育我的一扇窗口。这样的孩子，喜欢大睡懒觉，就让她睡吧。我想，她已经悟到和学到很多很多东西了，够她在漫长的一生中受用。如果万一她功课的成绩并不理想，我也有心理准备，我不会责怪我的孩子。

为他人！为他人就是为自己！你希望他人怎么对待你，你就要用同样的方式对待他人——这是C.C中学无孔不入的教育。亦池观察到，就连工人在校园里一边打理草坪，一边听音乐，他们的录放机，都会自觉地不把声音放得过大，生怕打搅了孩子们的学习和散步。同样，以前打开电视，打开音响，从来不曾注意过音量，校规也规范了孩子们在自己宿舍应该怎样控制音乐的音量："不得在房间内将音乐的音量开得过大——我们对过大音量的定义是：如果你站在门外还听得见。" 亦池认为自己终于知道英国的绅士淑女是怎样炼成的了。

也许亦池的高中母校首先应该是武汉外校，遗憾的是当孩子还没有正式离开学校，就被班主任撤掉课桌。最后当亦池离开外校，校方没有任何反应，好像这个学生压根儿就不曾存在过。那天，我和孩子去宿舍收拾了行李，用自行车推着，母女俩默默无声地离开校园，这样冷漠的告别，怎么叫人不凄凉。你希望他人怎么对待你，你就要用同样的方式对待他人。我们的学校，除了要你交钱之外，怎么就不懂得把孩子当人呢？那么孩子们会把你当人吗？我们现在的高中生，有多少人会深深爱上和眷恋他们的母校和校长呢？而亦池对于她的莫里斯校长，那种情感是深深的挚爱与尊重，她都不能允许自己学习不好，她不能够让莫里斯校长失望，她要用自己优异的成绩证明莫里斯校长没有看错她！

第一个学期结束了，期末考试成绩出来了。我收到莫里斯校长的来信，他向我报告了亦池本学期的表现并附上考试成绩单。亦池的三门主课，有两门是全班第一名，有一门是全班第二名，美术副课获得艺术老师的最高评价。莫里斯校长对亦池的表现赞不绝口，夸奖所使用的词语简直无所不用其极，仿佛我的孩子就是一件稀世珍宝，我真是领略到了英国人的会说话，连学生的一张成绩单，都用大量的甜言蜜语夸你孩子，令家长心里舒服得不得了。我在家里，高兴得跳了起来。我抱起皮皮，也把好消息告诉它，皮皮一听“亦池姐姐”就有寻找和幸福生动的表情，我们高兴得跳了起来。

我的大睡懒觉的孩子，我一直不敢多问功课——当然偶尔问问也被亦池轻轻一句话说得无言以对——亦池说：“都是英文和英式考试体系，你又不懂！”这下好啦！期末成绩出来，如此优异，我啥都不用问了。然而学费又涨了。我对学校下一年度学费的再一次涨价，只能嘀咕地抱怨一下，然后赶紧去汇款。无奈了。孩子托付给他们，他们把孩子调理得这么好，孩子成绩也这么好，我还有什么可多抱怨的。我只能说英国人真会赚钱，让你没有办法不掏钱。

亦池经历了两任校长。老校长莫里斯七十多岁退休。继任是年轻校长霍金，牛津大学毕业，接任之后一家三口就搬进了那幢校长 house。他继续秉承 C.C 中学几十年如一日的教学方式与风格，没有让学生们感到丝毫的不习惯。一段时间过去，亦池也得到了霍金校长的喜欢和信任。霍金校长夫妇有一个九岁的儿子，英国法律规定，监护人不得在夜晚让十二岁以下的孩子单独一人在家。于是，每当霍金校长和太太必须出席晚上的社交活动，亦池则会被霍金校长请去带他们的儿子并依照法律按劳付酬，每小时支付亦池 5 英镑劳务费。这种打工，亦池太开心了，她说她都不好意思要校长的钱。因为事实上，是小男孩带着亦池玩。小男孩很绅士地带亦池参观他的家——校长府邸，且是历任校长的府邸。带亦池参观他的玩具，教亦池打麻将——小男孩到中国旅行一趟带回了麻将。小男孩很吃惊作为中国人的亦池同学居然不会打麻将！亦池还可以趁机学习更为本土更为民间的英语。亦池觉得自己从霍金校长家赚的钱不应该属于自己，她都捐给了慈善基金会。“好！”我说。我对亦池的善举毫不犹豫地赞赏。用中国社会普遍注重经济注重赚钱的观念来看，亦池这孩子有点在变傻，给钱都不要。我可不这么想。我们家不算有钱人，但是我希望我的孩子学会驾驭钱这个东西，不受钱的奴役。

亦池自从入校，告诉我的，都是趣事，好像他们学校是一个开心游乐场。她在学习踢踏舞了，她们学校举行户外烧烤派对了，举行游泳比赛了，她在学打斯诺克球并且进步神速了。亦池在弹琴，在绘画，在四处摄影，并且还用钢笔绘制了一幅全班同学图，以便我能够直观地看见他们的课堂状态。

亦池唯一没有事先告诉我的事情是：她参加了爱丁堡公爵发起的全英青年自愿者行走计划。我的孩子，怕我担心或者阻止她，干脆把我蒙在鼓里，在行走成功以后我才知道这是怎么回事情。这是一个旨在鼓励年轻人不畏艰难跋山涉水掌握野外生存本领的行动。亦池和她的三个女同学一组，每人肩背一只 12 公斤的大背囊，里头装的是野外炊具和帐篷，胸前挂一只塑料袋，袋里是一张英国地图与指南针，在没有老师以及任何向导带领的情况之下，从清晨开始，向着陌生和遥远的宿营地积极行进，天黑之前必须到达。亦池已经行走了几次以后，才让我知晓全部状况。她们曾经一口气爬几座山坡，曾经走得拖不动双腿，曾经看不懂地图和摸不着方向，曾经遭遇深林里的坏天气，曾经把午餐料理得一塌糊涂难以吃饱肚子，曾经在小溪边洗手时惊奇地发现英国大蚂蟥，曾经迷路闯入了人家的私人庄园，曾经遭遇牧羊犬，当然又是亦池与牧羊犬打的交道，当它知道姑娘们迷路了，便主动带领她们走上正途。

第一个学年，整整一年，亦池一趟都没有回家。圣诞节的寒假有一个多月，全校师生都放假了，偌大的学校空旷到杳无人烟。我的孩子，没有回家，孤零零住在学校里，她硬是舍不得花钱买往返机票，也不肯让我过去，她认为我过去花钱更多。我一再告诉她，咱们有这个钱，不需要这么抠门。亦池又说她同时还有自己的计划，一是利用假期好好温习一下功课，二是想在学校所在的小城好好地玩玩逛逛。小城叫什鲁斯伯里，是英国最古老的文化古镇之一，英国议会在这里诞生，这里有古老的教堂，有皇家别墅，还是达尔文的家乡，大作家狄更斯也在这里居住和写作过。孩子主动要求用休假时间温习功课，孩子已经充满认识这个世界的激情，那么我这个做妈妈的，只能支持她了。2006 年的春节，我第一次度过了没有孩子在身边的新年。除夕夜，我照样封了红包，把压岁钱放在了亦池房间的床头。亦池给我的，是她拍摄的照片，是她在寒假的校园里与松鼠玩，与天鹅玩，与狐狸玩以及与附近人家的狗狗玩；是暮色与清晨中的学校校舍，是校园内的遗产保护建筑：英国最早的议会遗址；是她采摘的一朵硕大艳丽的英格兰玫瑰，用水养在她宿舍的窗台上。

据说一个妈妈带着两个女儿去花园，玫瑰盛开了，非常漂亮，两个女儿都欢喜地扑上去采摘，结果花是摘到了，手却被玫瑰的尖刺刺破了。一个女儿哭着对妈妈说："手指好痛啊，我再也不会摘玫瑰了，尽管它很漂亮，尽管我也很想要。"另一个女儿笑着对妈妈说："我摘到了这么漂亮的玫瑰，太开心了，尽管手指刺破了。"同样一件事情，如果善于转换角度看问题，就会是完全不同的效果。完全不同的效果，就决定了自己的幸福或者痛苦。我的孩子亦池，就是被刺破了手指还乐呵呵的女儿，她非常善于转换角度，总是去看事物好的一面。当有些孩子没能回家过年，说起来就哭鼻子，觉得国外虽好总不如家，留学生活太过寂寞清苦。亦池想的却是：尽管寂寞清苦，学到了很多东西，看到了很多东西，走了很多地方，就是件开心的事。

英式高考

英国高考，过程十分漫长。实质上一进入高中，就算进入了高考。高一顺利结业，升入高二，直接的高考试卷就下来了，一波一波的考试，紧锣密鼓。英国排名前十几位的顶尖大学，也就过来人，到 C.C 中学招兵买马了。

两个寒假都没有回家的亦池，高中毕业考试的成绩很开心地拿到了全 A。亦池凭借她的全 A 成绩，获得了选择顶尖大学的资格。A 有多么不容易，仅以他们的副课考试为例，就不难窥见一斑：亦池的副课选择的是美术。这项考试，仅就文字部分，亦池就写了 48 页纸的论文，论文题目是《论美术艺术中的女性形态》，亦池从古典画家雷阿诺、达·芬奇，一直分析到当代画家大卫·霍克尼、曼瑞以及 Roy。而对大量画家的画作鉴赏和资料收集，早在一年半以前就开始了，伦敦美术馆博物馆，美术老师都带她去几趟了。高考除了论文之外，还必须有三组创作画。亦池有一幅画的构思是静物：一块布料。亦池进考场之后，一口气画了五个多小时，中途饿得受不了，只能用巧克力充饥。况且饿了五个多小时作出来的画，也还只是考试成绩的一小部分。分数比例是这样的：论文占 30%，创作画占 30%，高中两年里所有考试和作业的综合成绩占 40%。试想，英国的高考连副课都严格如此，主课就可想而知了。我觉得复杂之极。总之就是让孩子平时的每一次作业与考试都不可以懈怠，都是高考成绩。而且副课的考卷，也同样交由英国全国高考委员会阅卷打分。高考试卷，临考前密封运到学校，考场现场开封。考完封卷，当即运走。全国高考委员会成员高度透明，其资历与德行全国都知道，倘若谁有徇私舞弊之举，必有法律制裁，终身完蛋。

说实话，亦池拿到全 A 成绩，我简直都不敢相信。当然我从来没有当面问过亦池怎么拿到的，我怕亦池觉得我不信任她，或者觉得我小瞧了她。但是我亲手带大的孩子，我觉得自己很了解她，她不是很善于考试，属于中等偏上一类。亦池的长处，是兴趣广泛，全面开花。用琴棋书画、吃喝玩乐、德智体美，让自己快乐。去英国以后，显然很快乐，也玩乐得更多，显然身体更健康。只要身体更健康，我觉得就值。因此，我对亦池在英国的高考，从来没有提出最高要求：比如牛津剑桥，比如英国在世界排名前十名的顶尖大学。

惊喜的是亦池主课副课一共五门，都拿到了全A。我猜测，这可能就是她放假坚决不回家，在暗中使劲的结果吧？或者还有运气好。英国高考尽管非常漫长繁复严格严谨，但是也更合情合理，比如考试机会，会给你多次，最后取你分数最高的那一次。哪门功课你觉得自己有把握了，可以参加早一些的考试；晚一点有把握了，可以参加晚一点的考试。你一进高中，就知道平时每一次作业和考试，都是高考成绩，你只要认真对待每一次，就有胜算了。亦池高中两年的优异成绩就摆在那里，如果最后的考试没有发生极大的失误，那么她所选择的这些大学，将肯定会满足她的志愿。

亦池知道暗中使劲，能够给妈妈一个惊喜，夫复何求？！

英国高考制度的学生与大学之间，是双向选择。亦池最多可以报考五所大学。不像中国，话语权和选择权都在重点大学一边。牛津、剑桥两所教学体制近似的老牌大学，学生们可以任意选择其一。亦池选择了更符合她专业的牛津大学。亦池选择牛津的理由竟然是为了我。她说：中国家长就知道个牛津、剑桥。因此，她多半是为了满足我这个中国家长的俗见和虚荣，她就报了一个牛津。

亦池让我羞惭地懂得，我们中国家长只是冲着牛、剑的名气而推崇它们，其实英国的顶尖大学还有其他十余所，并且在其专业领域的水平与权威性以及世界范围内的声誉，不仅并不亚于牛、剑，许多大学的专业水准都在牛、剑之上。

我说：是的，我承认我有虚荣心，我无法完全脱俗。我很想在将来亦池考上牛津以后，当别人问起你女儿在哪个大学，我就可以骄傲地回答：牛津。然后，我就可以看到别人眼睛一亮，好生羡慕，说声：啊！

轮到亦池开导我了。她要给我做心理铺垫了。她说：妈妈，尽管我选择了牛津，但是我并不觉得非牛津不可，我还同时选择了其他几所大学，其中有我所学专业最顶尖的，有教学力量最雄厚比如诺贝尔奖获得者都上一线教学授课的，有人文意识深厚杰出人才辈出的，还有教学风格新锐并且毕业以后就业率最高的，它们全部都是世界上最好的大学之一。

妈妈，你不知道牛、剑的问题所在吧？我告诉你吧，牛、剑的缺陷是我最不能接受的，那就是人与人之间的阶级等级非常分明，学校充满了豪门子弟，祖辈父辈出身于牛、剑的后代们统统享有优先录取特权，近乎世袭制，这些后代们倒真不一定有多么优秀。另外，还有一些五花八门的所谓名人，比如世界政坛名人、奥运冠军、皇家与巨富的子女或者著名作家等等。

亦池说：难道你不知道邓亚萍和金庸现在都被剑桥收录门下作为学生吗？他们固然在他们的专业里都很优秀，可我还是不太想和他们做同学。社会名流和贤达的学习与我们青年学生完全不是一回事情。

我不得不承认，亦池的观点有她的道理。我的孩子，从小就具有强烈的平等意识，对平民大众充满了感情，博爱使她厌恶等级划分。她不愿意被人歧视也不愿意歧视他人。亦池想要的大学，首先不是社会上流行的名气，首先是要以她的平民身份不会受到压抑的，可以被公平对待的，其次是她所报考专业正是该大学的专长所在。

我还是说：好吧。

亦池的高考在英国。我既不了解英国大学，又山水远隔，鞭长莫及。我只心里焦急惦记，人还是比较轻松，不用为孩子奔走打听送礼请客求爷爷告奶奶的。就是坐在电话前倾听，亦池在电话里高度简洁地介绍她自己的选择和决定。

从最初开始，在亦池选择的五所大学之中，她就最倾向于甘地的母校伦敦大学学院UCL。亦池认为，甘地之所以后来成为印度人民乃至全世界人民所敬仰的圣雄甘地，与他青年时代就读的大学不无关系，而该校前后拥有的18位经济学诺贝尔奖获得者，都曾在一线教学，这一点让亦池颇有好感，也深深吸引了她，她想学习本领和知识，而不想徒有虚名。

好吧，我的孩子说服了我。我不会非得她选择牛津不可了，但是我还是觉得能够读牛津是很好的选择。到底最后亦池选择哪一所大学？到底哪一所大学最后选择亦池？谁都不知道。亦池自己也不知道。英国高考的方式，真是让人没脾气，也没门路可走。只能在一个不慌不忙的彼此选择来选择去的繁琐程序里，按部就班，听天由命。

从亦池高二的下学期开始，高考一波一波地来，重大考试一场接着一场地考。高考考卷由全英高考委员会出卷子、阅卷和判分。分数出来以后，委员会会同时向学生本人、学生所在中学，以及该学生所选择的五所大学一共七个地方，发出成绩通知。然后有意录取该生的大学，向学生发出面试通知，并预约面试日期。最后的决定权，在学生自己手里。学生可以在有意录取自己的几所大学里，最后决定一所大学。亦池喜欢这样的高考，喜欢自己有选择权。喜欢这个情绪太重要了，它可以让孩子一直是意气风发、斗志昂扬的。亦池在迎战了课堂考试以后，马上迎战大学面试。

让我寝食难安的问题出现了：孩子的人身安全。高考面试，在全英大城市之间跑来跑去，都是学生独自前往。亦池自己一个人，要跑几个不同的城市，要去几所不同的大学。

赴英两年来，亦池一直待在英格兰北部的 C.C 中学。十八岁虽说是大姑娘了，但其实也还是一个小女孩。而就在 2005 年 7 月，伦敦突然发生地铁公汽爆炸案，恐怖之感近在眼前，挥之不去。亦池只身单干地去伦敦以及其他城市，真叫我无法放心。我觉得英国中学也有点太逗了：十八周岁的前一天，还当作儿童严格管理和保护，旅行还有校长老师带着出门；十八周岁一到，当天就可以喝酒精饮料，就可以夜不归宿，出门旅行哪怕千万里，也不会再有校长老师带了。其实亦池也就是前不久刚满十八岁，学校立刻当她是大人，根本对她的出门远行不闻不问。这怎么办？如果在国内，一个刚进十八岁的高中生，从遥远偏僻小镇，要去北京的清华、北大面试，那父母家人还不得都巴巴地陪行？

亦池却傻乎乎笑嘻嘻地说:“这有什么？不就是旅行吗？都是早和大学预约好了的。带上地图不就行了？！”

亦池说：“啊呀不用担心啦，英国都是这样的，他们本国的学生，一样也没有谁父母陪着跑的。那不是大笑话？十八岁是成年人了，自己的事情自己做嘛。”

“可是中国父母都是要一直陪到大学宿舍去的。”

“妈妈，我这不是在英国吗？！你尽管放松，学会享受我的高考吧。”

好吧。亦池刚满十八岁的确摇身一变就是大人了，口气里很有几分坚定、强硬和对我的要求。我怕她烦。我得有意识戒掉妈妈们的啰唆和唠叨。我不再多说，按照亦池的要求，通过电话伴随她的面试。

牛津大学的面试通知，来得最早。2006 年 11 月，亦池就收到了来自牛津的面试通知，而她这个专业报考牛津的十几名同学，也就是她一个人收到了牛津的通知。亦池告诉我这个消息的时候再次和我开玩笑，说是："初步满足了我妈妈的虚荣心吧？"

亦池把我乐得呵呵笑。

当然了，咱们中国就是流行一个牛津、剑桥，家长们就是好个面子。现在毕竟牛津大学有意录取我的孩子了，毕竟牛津大学发出了面试预约了，我当然先满足一下虚荣心再说。学会享受我孩子的高考嘛。

我的孩子亦池，启程奔向牛津大学。背起她的小书包，拉着她的小旅行箱，一路对照英国地图，从学校坐公汽来到镇上，从镇上坐火车中途还要转火车，来到伦敦。在伦敦坐公汽和地铁，来到牛津地区，再从牛津地区找到牛津大学。牛津大学果然有人接站，安排得的确很好。2006 年 12 月 5、6 和 7 日，牛津大学给前去面试的亦池提供了三天的免费居住和免费进餐，面试之前，还有一场笔试。

由于牛津大学并非唯一选择，由于后面还有四所很好的大学排队等着亦池选择，亦池丝毫没有心理负担。一到宿舍，放下行李，就抱起相机，把宿舍拍了一通，电邮给我，文字说明是：啊，谢谢牛津大学给了我一间很大的宿舍。又跑到拍摄过电影《哈里·波特》的教学楼，去浏览餐馆和乱拍一气，再发给我。

翌日的笔试是数学。亦池这个专业的30个学生，来自于世界各国，只有亦池一个中国人。笔试只有一节课时间，也是题量极大，考解题能力也考速度。当亦池起身交卷的时候，正好铃声响起，全班也就只有亦池一个人是主动交卷，其他学生都是被动交卷。学生们奔出教室门外，纷纷跑过来追问亦池："你真的做完了？你真的做完了？"

亦池回答："是的，是的。"

我的孩子开心地告诉我，说："妈妈，就是这样一些时刻，我好牛啊！外国学生就是天真，你比他们强，他们立马就很服气。当他们追问我的时候，一副好佩服我的样子啊，简直可爱极了。"

我说："很快乐吧？"

"很快乐，妈妈！"

我的孩子需要的就是快乐。快乐是她竞技状态最好的安稳剂。我以为，这一下可好了，数学笔试一过，面试应该就没有问题了。谁不喜欢这样一个天真单纯安静的女孩子呢？何况她所有的成绩包括副课，一共五个 A 呢。

但是，意外就是发生了。

面试的时候，亦池感觉到了不对劲。一男一女教授进行面试。问答正顺畅进行着。忽然，其中那位男教授叽里咕噜说了一句话，亦池完全听不懂，孩子一下子就慌神了，因为亦池满以为自己的英语程度已经足够应付面试的。

忽然，教授用亦池能够听懂的英语问道：“你是中国人吗？”

亦池答：“是的。”

教授问：“那你会中文吗？”

亦池忽然明白：原来这位教授刚才说的那句她完全听不懂的话，居然是中国话！

亦池说：“我当然会中文。”亦池解释说：“而且我的中文很好。除了主考科目之外，我还备考了一门外语，就是中文，我的成绩也是 A。”

教授反问：“那我刚才说的中文你怎么不懂？”

亦池啊亦池，我的孩子，太年轻了，阅历太少了，涉世太浅了，还远远不懂对话的语言技巧，不懂得只要是人，不管中国还是英国，谁都喜欢听好话，谁都不乐意被顶撞。千穿万穿马屁不穿，绝对是放之四海而皆准的真理。情急中，亦池直截了当地说了令人不快的大实话，亦池告诉教授：“因为您的中文说得很不好。完全不像中国话。”

旁边的女教授一听，显然很不高兴。尽管她很不高兴的表情稍纵即逝，亦池还是觉察到了。亦池一觉察到面试官不悦的表情，气就泄了。我了解我的孩子，只要她泄气了，她不会装的，立刻就是一副无精打采、淡漠懒怠、支吾敷衍的模样。面试很快结束，亦池好不沮丧，一屁股坐在牛津大学的花园里，望着蓝天白云的天空与牛津大学建筑的尖顶，大为懊恼，又是一通乱拍。

亦池在电话中的声音让我知道了她的懊恼。亦池给我解释：她认为她自己根本无意顶撞和冒犯教授，仅仅只是直率而已，并且一问一答之间又是那么紧张刻不容缓，实话就脱口而出了。“妈妈，”我的孩子说，“他的中文实在是很差，突然间你真的完全不知道他在说什么。”

我相信我的孩子。我的孩子并非无礼，年轻人无意的直率的确很容易被当作冒犯，我们无法知道每一个成年人是否都有博大和宽容的胸怀，牛津的教授同样也是凡夫俗子——我和亦池在电话里聊着，我得宽慰我的孩子。后面还有其他大学的面试，亦池必须甩掉牛津大学面试笼罩在她心理上的阴影，保持轻松愉快和饱满的情绪。不过我也提醒她：这是一个经验和教训，这说明表述方式以及语气是多么重要，这就是课堂之外的人生功课了，需要更多的修炼——那是以后的事，得慢慢来。眼前发生的事情，就算过去了。没有关系的，大不了咱们不上牛津呗；大不了妈妈就少一点儿虚荣心呗。我说，但是并没有逗笑亦池。亦池是有点受伤了，英格兰玫瑰就是有许多坚硬的刺的。孩子需要溺爱的，尤其是妈妈的溺爱，尤其是当她是对的，当她在外面受了窝囊气，我必须旗帜鲜明地溺爱我的孩子，我绝对不会抱怨和责骂我孩子的。比起我对孩子的心疼，牛津大学算什么？世界上顶尖大学还多得是，条条大路通罗马！地球离开谁不都是照样转动！我孩子不可以在外面受了气，在家里还受气！我把心里想到的狠话都放出来了，我说："亦池，你没有错！你作为中国人，听不懂他的中国话，那就是他的中国话没有学习好。就像你说英语，如果他一句都听不懂的话，他会承认你的英语好吗？牛津作为著名的老牌顶尖大学，如果它的教授连这一点公平都没有，这一点胸怀都没有，说明它还是有许多缺陷的，至少在你的面试中暴露出了他们的缺陷，咱们不上这个学校也罢！"

亦池，我的孩子，被我这么一呵护一宠爱，终于破颜一笑。说："好吧，妈妈算你牛！"

我从电话里都能够感觉到亦池的呼吸变化，我孩子的气息轻快了，一口气吁出来了，我这才放心了。不过，我当然还心存侥幸：牛津大学的教授毕竟是教育界最好的教授之一，哪会在面试中计较一个高中生的态度，说不定人家根本就没有在意，是亦池过于敏感，高考中的学生对自己的面试官，总是这样敏感多疑的，总是会估计得悲观一些的。说不定哪一天，牛津大学的录取通知就来了呢？咱们等着瞧吧。

伦敦大学UCL的面试，约定的时间是2007年2月7日，这是最合亦池心意的一所大学。亦池从自己的中学，再度拉着小小行李箱，奔赴伦敦。UCL派了学生会干部接待亦池。亦池被带领参观了漂亮的校园，然后在学生食堂免费进餐，自然也是学校提供免费住宿。UCL首先安排了亦池的面试。有了牛津大学的前车之鉴，亦池对自己的这一次面试，就有了一些经验和教训，她感觉这一次的面试不错。过程如行云流水，师生问答皆自如，情绪也都自然。然后，UCL没有要求亦池笔试。

2月14日，亦池又一次出发，奔赴巴斯大学面试。亦池选择巴斯大学，与我也有很大关系。巴斯城有一个伟大的女作家简·奥斯汀，我非常喜欢她的小说《理智与情感》和《傲慢与偏见》，于是这样也就影响了亦池的选择。我觉得也间接地影响了亦池面试时候的心理。她是饱含欢喜与熟悉情感的，只因为自己的妈妈也是女作家，巴斯城对她即便陌生也熟悉。面试的感觉，亦池的说法是：“很好！”去过巴斯城以后，亦池喜欢上了这个城市，说到处是温泉和浓荫，十分舒适宜人。

在四处奔波的面试期间，2 月 28 日，亦池还赶到曼彻斯特，去听了英国中央银行举行的一场辩论与竞赛，问亦池为什么在这么紧张的面试期间还跑去听辩论？不累吗？亦池说：不累啊。不想错过最好的辩论会啊。曼彻斯特也很好玩啊！我的孩子真的长大了，一点不受妈妈掌控了，高考全是自己做主，事事基本都是先斩后奏。慢慢地，我也习惯了，开始习惯听孩子的了。虽说从亦池很小时候开始，我就提醒自己不要压抑孩子，凡事多征求孩子意见，但那时毕竟我还是权威，还是掌握着最后的拍板权。十八岁的亦池，在漫长的繁复的英式高考中，彻底颠覆了妈妈的权威。我逐渐感觉到了，最后我明白了，孩子太早不再需要妈妈，我还是颇有失落感，不过我愿意。我最怕的是孩子永远长不大。

3 月 7 日，亦池再赴华威大学面试，感觉也挺好。亦池选择的五所大学中，还有一所大学通知她，他们非常乐意直接录取亦池，连面试都免了。

经历了前后长达差不多半年的高考面试以后，在亦池体验和比较了几所大学以后，亦池走出了高中生对大学的盲目仰慕和新鲜惊奇，有了相对成熟的感受和认识。我也跟着她一起成熟。这个时候，我已经心悦诚服地同意亦池的想法。

选择在乎自己，同时也是自己又很在乎的大学，是最重要的。两厢情愿、感觉有缘，对未来的大学生活和专业学习，是最重要的。是牛津或者不是牛津，在我这里，已经彻底不是问题了。我只是希望亦池最终能够如愿以偿地进入她觉得最适合她自己的大学。而牛津大学，如果将来是它放走了我的孩子，我坚信那将是牛津大学的损失，而不是我们孩子的损失；世界上没有什么最好的学校，只有最好的学生；一所学校只有先拥有了最好的学生，才能成就为最好的学校——亦池嘲笑我还没有放下牛津大学，还对牛津耿耿于怀。是的，我别的都可以放下，放不下的是最简单、直接的感情：牛津大学面试的教授不能那样让我孩子受窝囊气！我就是一个这样护犊子的妈妈。

我的孩子，沉着应战，完成了在我看来不可思议的复杂的高考之后，要回家了，回家度暑假，回家和妈妈一起，等待大学的录取通知书。

2007 年 6 月 28 日，是我的一个大日子。我的女儿亦池，两年之前，一个十六岁的瘦弱毛丫头，匹马单枪，负笈英伦；在过去的两年里，仅仅去年暑假回家了一趟；现在，我十八岁的高中毕业生，今天回家。

亦池临行的前一天，还有最后一场考试——我完全被英式高考搅昏了，面试都结束了，还考试什么呢？我也懒得再去弄清楚。只是我不敢打搅孩子，不敢让她考试分心——不管什么考试，坚决克制了给孩子打电话的冲动，其实我只是想问她回家第一天最想吃什么。我快乐地忙乎起来：跑超市，做清洁，洗涤，晾晒，熏香，将亦池一年没有使用的房间再度打扮得光鲜如新，气息馨香，然后日夜兼程赶往上海浦东机场。

在机场翘首等待的近两个小时里，我就再也无法抑制自己的胡思乱想了，总是民间俗语里说的“儿行千里母担忧”，明知连孩子们都会烦妈妈的瞎操心，再怎么我都无法超然。

因为高考结束了，亦池也就是高中毕业了，高中生活也就结束了。当亦池离开 C.C 中学的时候，必须带走她的全部行李物品。两年多积累起来的个人物品，已经跟一个小家庭似的大包小包，我们在英国又举目无亲，也总不能让孩子都带回来吧？再说她上大学还要继续使用。可是大学又还没有最后的决定。

亦池有能力以及有力气完成这种搬家式的装箱打包吗？她能够不丢三落四吗？护照、机票、银行卡、手提电脑以及各种重要个人文件资料，可都是出不得一点差错的！英国马拉松式的高考，导致高二整个学年都处在一系列的考试之中，一天都还没有休息，孩子的体力真的吃得消吗？真的一切都如她自己所表现的那样吗？在电话里，她总是轻描淡写十分抽象："我挺好啊。很顺利啊。不累啊。""有男朋友吗？""没有。"电邮呢，则更简单，就三言两语几个字。我每每都是长长的信写给她，这孩子往往一个字没有，她用自己拍摄或者手绘的各种图片回答我。当然，图片拍得很机智又艺术，我一看就心领神会，也常常忍俊不禁。然而到底，她还是巧妙回避了我询问的许多具体问题。

亦池现在已经把我划分成全世界最喜欢瞎担心的妈妈类，孩子们把妈妈分为啰唆唠叨类、强加母爱类、霸权欺压类、不由分说类、瞎操心类。她的经典举证就是：暑假后她和她的同学们飞回英国，绝大多数同学在飞机抵达之后，并不急于给家里电话，因为家里正是凌晨，妈妈们正在熟睡；还有不少妈妈事先提醒孩子应该等到她们起床之后再报平安。而我，却在孩子飞行的 12 多个小时里完全无法入睡；我必须要听到孩子报平安的声音才能够踏实。以至于有几次在飞机着陆之后，出关时间等待过长，亦池怕我担心焦急，不得不向陌生乘客借用电话向我报平安，否则我会坐立不安，胡思乱想。由于她的同学们来自于 40 多个国家，因此亦池将我纳入世界范围做比较，我都算得上典型的瞎操心类。我只能笑笑，一笑了之。然后，一如既往地瞎操心。其实我知道我这样紧张地等待，会导致孩子的慌乱，我也答应了孩子要慢慢纠正自己，我也是在慢慢纠正。可是英国的许多做法，实在太出人意料，我不得不瞎操心：考完就奔伦敦机场飞回家，亦池的行李到底怎么办？

很小的事，就喜欢瞎操心，我也拿自己没办法。

不过瞎操心归瞎操心，却不揪心。我应该承认，与亦池国内同学的父母相比，我这个妈妈是太轻松太幸福了！

就在亦池参加英国最后几场高考的同时，中国正在高温酷暑中经历三天无比严峻的高考，这是一锤定音的高考，不会再有其他任何考试机会的高考，孩子们万万不得有误的高考，是一旦失误就如丧考妣的高考。不说父母家长总动员齐上阵，连全城都为之紧张，警察倾巢出动，考场路段都实行交通管制。路上遇到亦池昔日同学的父母，焦虑不安地守候在考场外面，头顶烈日，脚踩滚烫路面，母亲一开口嘴唇就发抖：因为女儿来例假了，因为吃了传说中的某种药品可还是没有成功推迟例假，反而把孩子的身体搞得很不舒服，这种状态万一出现失误可怎么办啊？其实孩子的成绩平时是不错的啊！如果考不好后果真是不堪设想啊！母亲心慌意乱得说不下去，眼泪就已经在眼眶里打转了。

你们亦池呢？在国外也高考吗？

我回答：也在高考呢。我赶紧安慰几句，结束话题。我不会谈论我女儿的高考，当然更不会冒失地让我的喜悦和自豪流露出来。但是，作为母亲的幸福感，就是这样实实在在地拥有了；就算不与任何人谈论，也觉得幸福。与这些母亲们相比，我们家，很简单，我只是接听亦池电话，坐在沙发上，一杯热茶，静静地听或简单聊聊。一切都是亦池自己搞定。英国也更不可能为什么高考出动警察，搞什么交通管制，高中生们都是简单的个人旅行，高考考生随时都在大街的人流中穿行着，是三百六十行中普通的一行。亦池的性格，正是更喜欢与更合适这样的高考方式。

而真正让我从内心感觉轻松的，还不仅仅是孩子的高考过程，更是她驾驭考试的良好心态。比如对于五个多小时忍饥挨饿的美术考试，她就没有一点受苦感和受压抑感。她在电话对我说："没事啊，很好玩啊。"

她说："吃巧克力有什么不好啊？"

她说："我看旁边的同学没有带巧克力，就送他一块，他说他不需要。我们的监考老师大声惊叹道：'天啊！我简直不敢相信我刚才看到有人竟然谢绝了巧克力！'考场哄堂大笑，把我笑坏了。妈妈，我真的好开心啊！"

亦池哪里知道，更开心的是她的妈妈。我的孩子在不断地进步。这进步不是学习上的小聪明，而是人生智慧，是越来越多的幽默感，是英国老师们对亦池人生智慧和幽默感的言传身教。如果亦池如此继续进步，那么她岂止能够驾驭考试呢？人生的考验，谁知道还有多少？一生的平安顺利，才是真正的好。

来自伦敦的维珍航班到达了。在浦东机场国际厅的出口处，我站在隔离带外面，寻找着我的女儿。亦池！终于看见了！在乘客的行列中，我的女儿，推着行李车，从老远的地方，缓缓走过来。就在我看见她的那一瞬间，有一句被人们用滥了的语言，再也没有丝毫新意的语言，猛然冒了出来，让我不由自主，这句话就是：我简直不敢相信自己的眼睛！

去年的6月份，她高一的暑假，我在这里接过她。那时候，她依然一身孩子气，那种憨憨的初中小女生式的孩子气，腮缘圆乎乎的，白胖可爱的婴儿肥还隐约可见。

现在呢？今天呢？此时此刻呢？我的女儿，亦池，居然身材窈窕了，脸蛋清秀了，婴儿肥完全消失了！她的肌肤雪白如玉，粉嫩透亮得炫目耀眼，她将自己那一头浓密的天然栗色长发，挽了一个欧式的纷乱发髻，是这样时尚又雅致娴静。尤其是她容光焕发到让我怎么看，都不敢相信她刚刚经历了一场艰苦奔波的马拉松高考，又长途飞行了11个小时。

这真是太意外了！意外到连相貌都超出了我的想象。当年她五岁，我在《怎么爱你也不够》里，就对她做出了终极评估，那就是：亦池肤白发黄单眼皮，属于富有特色类，但绝非传统意义上的美人儿。

可是，现在，我十八岁的女儿，就在我面前，无论我自己怎么谦虚，她端的就是一个好人家的美丽女孩儿。眼睛已经长开了，大大的，自动变成双眼皮了。不管是传统意义还是现代意义，她都是一个好人家的闺秀！谢天谢地，还有什么比这更好的呢！这孩子，脚上居然还是穿着那双破旧的旅行鞋。这是两年多以前从国内穿出去的那双鞋，已经被无数的体育运动和校园里的奔走磨损了。然而，她完全无所谓，大大方方，神情自然，笑容如太阳一般明亮和高贵。我俭朴的小美女啊！

我的小美女一步步朝我走来。我静静地看着她，甚至有点陌生感，就像看电影里头的女主角；这是一部由我投资，她自编自导自演的电影：就是这么一个苗条、单薄、文静的女孩子，独自在英国，顺利地完成了两年的高中学习和复杂的高考，现在稳操胜券，正稳笃笃地选择着她最中意的大学。同时，她还学会了滑冰刀、踢踏舞、斯诺克球；而篮球、羽毛球、室内壁球、游泳等各项运动的技艺皆获得全面进步。她不仅中式厨艺日益长进，日本寿司已经做得像模像样，还学会烘烤西点蛋糕了。高中一年级，她自愿参加长途行走。第二年时高考，时间不够用了，她就在宿舍坚持练瑜伽，显然她体型的塑造与她坚持的种种运动密切相关。

这个女孩子，还在积极地为艾滋病患者、乳腺癌患者和慈善基金会打工募捐，为此她给老师洗车，她参加舞蹈义演，她还在情人节那天6点钟就起床做义务邮递员，给情人们递送预订的鲜花和巧克力。无论是从前在家里，还是后来在英国，这个女孩子的性格，一如既往的温良清纯厚道简朴，从来不与人争，于是在这个同学们来自40多个国家的国际学校里，她朋友遍天下，生活得健康而快乐，学习了这么多的知识，又出落得如此美丽。这就是我十月怀胎的女儿吗？就是那个在妈妈肚子里就深感窘迫的胎儿吗？转眼间就过去十八年了吗？这个女孩儿，十八岁就这么能干，独立自主完成了高中学业和大学高考，作为妈妈的我，甚至都没有问过和检查过她的作业，她最麻烦我的事情就只是婴儿时期的换尿布。她的盛开超过了我的期望和梦想。我太有福气了。当她走到我的面前，我觉得呼吸都是困难的。我傻乎乎的。我实在无法谦虚和含蓄。我骄傲自满得一塌糊涂。我一把将她拥在怀里，也不管她是否尴尬，开了一句不是玩笑的玩笑：“亦池，我好崇拜你啊！”

接下来的这个暑假，我和我的女儿，将一起等待大学的录取通知。但是那不再是最重要的了。我们要把这个等待悬念的暑假变成充实的度假。

我们要去旅行，要读自己喜欢的书，看自己喜欢的电影，听自己喜欢的音乐，拍摄和描绘自己喜欢的风景和画面，探讨自己有兴趣的各种问题。我们要吃喝玩乐，开心再开心。

因此，我放弃了出访俄罗斯。当我向有关方面请假的时候，对方说：可以理解，可以理解，不过十八岁大的孩子了，暑假又长达三个多月，为什么一定要每天都守候着她呢？

很简单，因为我是妈妈。我最重要的本职工作首先、并且永远是妈妈。俄罗斯的中国文化年固然很重要，我的作品又有了一个俄罗斯语种的版本固然也很可喜。但是，这一切都没有我的孩子重要。无论国际还是国内，再大的文化活动，缺少一两个嘉宾都是无妨的。可是等待大学录取通知的日日夜夜和分分秒秒，妈妈对于自己十八岁的女儿，是唯一的，绝无仅有，无可替代的。高考以后的等待，不仅仅是一个等待，还是一个最容易总结和吸取经验教训的时机，和她在一起的分享或者分析，对孩子太重要了。很多家长都认为：十八岁孩子唯一的任务，就是继续读书学习！读了大学再读硕士，再读博士，只要有可能，就继续再读博士后。而高考以后，对孩子的奖赏无非就是每餐都去饭店吃最好的菜，带孩子去海南三亚住海景酒店，吃海鲜，逛旅游景点，不逛的时候，就在酒店继续吃海鲜，在豪华房间里打牌或者打麻将。更富有的父母，奖赏会是出国游玩，去马尔代夫看海，吃海鲜，逛旅游景点，不逛的时候，就在酒店继续吃海鲜，在房间打牌或者打麻将，在外国的旅行还会加上一个在房间吃国内带去的方便面，超市买的豆干、榨菜、萝卜干、牛肉干、旺旺仙贝等等。我没有采纳朋友的奖赏建议，我只是带孩子一起过好每一天。争取每一天都让孩子在无形中饶有兴趣地学习生活。是学习生活而不是学习课本。十八岁，正是欣欣向荣又还稚嫩的年岁，正是充满对生活的热望和好奇的青春，正是学习生活的最好时刻。好的生活就蕴藏在日常生活之中。日常生活远远重要于课堂。这门课程全凭父母带领孩子。

儿时，我多居住在外公外婆家里。我外公会"唰"地在我头顶敲一筷子，只因当年我小小孩儿吃饭把不住碗，冷不丁被他一夺就脱了手，于是外公给我一记当头棒喝，说道："孩儿啊！饭碗一定要把牢啊！每时每刻都得把牢啊！"这样的民间大实话，却有一种警醒如佛禅，我一生一世再也忘不了。因此，我希望我的女儿，首先能够从真实不虚的生活中懂得生命意义。懂得敬重生命是世间最大的物事，懂得专业知识的学习其实就包括在敬重生命之中，它们其实与享受生命并行不悖。孩子自己在英国的两年高中生活以及高考过程，已经让她取得了初步经验。现在进入十八岁了，成年了，就应该及时懂得更多，懂得更复杂的、更智慧的知识，当然蕴涵于生活本身。一个人如果游戏玩耍，品酒饮茶，交朋结友，都能如奉大事，庄重潇洒，了若指掌，深获妙趣，那天下还有什么可以为难她的生命呢？如果她慢慢懂得了衣食是一种大事，勤俭是一种美德，心静是一种大气，宽容是一种真爱，知晓是一种最好，那天下还有什么功课她拿不到 A 的呢？一辈子的幸福和快乐不就随时随地都正在降临她的身心吗？

我已经备好了绿茶、红茶和青茶，备好了法国干红和干白，还有上好花雕和女儿红。我得开始教亦池品茶品酒，谈经博古，诗词歌赋，人情世故，天文地理，格物致知。我的女儿是成年人了，可以和我一起饮茶喝酒了！我们可以进一步把劳累琐碎的日常生活文化文化了。我们要一边等待高考结果一边总结经验教训，我们要把所有的面试都再一次地经过，主要从中学习怎么说话，怎么直率或者婉转表达，怎么富有勇气，怎么富有幽默感以及怎么保持自己的信心。

大学录取消息陆续到来，就像我们家门前的喜鹊，热闹喧腾地喳喳叫：巴斯大学提前刷新了它们的资料，网上公布了录取名单，电邮发来了给亦池的录取通知书。选择不选择巴斯大学呢？

亦池说：再等等看。

华威大学也很快刷新了录取资料，录取亦池了！学校告诉我们：给亦池的录取通知书不仅网上公布，连纸质文件，都朝我们家邮寄过来了！

亦池说：再等等看。

一连串的好消息接踵而至，每天都有喜报临门，真是叫人好生快乐！我成天嘴巴都合不拢了。回想一下，此前我觉得英式高考漫长、繁琐，使劲折腾孩子，现在发现它自有合理之处，且不说孩子们的各种能力都受到了极大锻炼，录取通知来的时候，家里竟是一派丰收景象：果实累累啊！

接二连三被世界上最好的大学纷纷录取，我的孩子，亦池那感觉，想不骄傲都很难，她满面光彩面如芙蓉，神气极了，走路都是兴冲冲昂扬扬的。魄力、决断和脾气，也被激发出来。外面世界的行走与玩耍，自己玩得溜溜转：和同学聚会吃饭，去钱柜唱歌，去打斯洛克球，去外地城市会同学，亦池都是一副见多识广、当家做主的样子，根本不像以前，出去还会问问我，要打听打听一下路怎么走，或者要妈妈陪。现在人家都是自己事先在网上查好，带上城市地图，和同学把时间约好，自己打扮停当，漂漂亮亮，到点就出门了。只是说声“妈妈，拜拜”。家事也同样，总是先很有耐心地听我说完，然后她三下五除二，理顺事情道理和逻辑，最后她就拍板了：“就这样吧！妈妈。”我蒙蒙地看着亦池，先赶紧点头同意了再说：原来大学的接二连三录取就是可以把孩子变牛啊！

去年暑假，亦池还不是这个样子。经过一个整年度的高考尤其是后来的多次面试，亦池成熟的程度，令我吃惊。毕竟她还是十八岁，要到秋季才进十九岁呢。

再等等，却也来了一个不那么愉快的消息：牛津大学刷新了它的录取资料，果然不出意料，没有亦池的名字。一只脚已经跨进牛津大学的亦池，与牛津大学擦肩而过。亦池不同意我的说法。亦池表面温和，内心倔强，好胜心还是很强的。她说：什么擦肩而过，我的第一志愿根本就不是牛津。

我也觉得没有什么太失落的，只是不免对牛津大学耿耿于怀，这再也无法改变，除非它以后有机会对我孩子示好。我又要说谢天谢地了，英式高考幸亏规定可以选择五所大学，这就完全避免了一旦牛津不录取，孩子就痛失上大学的机会。亦池还有其他大学可以选择呢，人家已经下录取通知了，正等着亦池的决定呢。亦池当初面试时候感觉到的不对劲，果然是对的。她没有选择牛津作为第一志愿，也许是对的。但是毕竟亦池在牛津栽了一个小跟头，一个小失败、一个小挫折也让她大有触动，电脑前，她还是对着牛津的录取资料，发了一会儿呆，噘了一会儿嘴。关机，弹琴，到音乐的广阔天地去散心了。

吃饭时候，我和亦池聊：人生吃亏要趁早。越早越容易学乖，越早越容易恢复。亦池才十八岁，在牛津学了一个教训，也是挺好的。亦池在英国变得性格更加温和，更加善于转换角度朝好处看。她揶揄说：是啊，人家高考完了要感谢我的爸爸妈妈，我高考完了想想还是要先说感谢牛津大学。

不过很快，特大喜讯来了：亦池最喜欢的大学，她的第一志愿——伦敦大学UCL，刷新了录取名单，亦池名列其中。同时UCL也给亦池发来电邮通知：你已经达到本校录取要求，我们已经确定了你在本校的学习名额。

就是它了：伦敦大学UCL！亦池太好玩了，狂喜以后，又再看着其他大学的录取通知书，都恋恋不舍的。说："妈妈，这几个大学都好，各有千秋，我都想去。"我看着我的孩子，直发笑，开玩笑说："那就拈阄吧。"这就是幸福！当你被几所大学同时录取，随便你挑，这是多么幸福呢！

当然最后，亦池分身无术，只能读一所大学。她给伦敦大学UCL回信，表示了她同意接受这个录取。亦池说："妈妈有所不知，这个学校太好了。"就亦池所学专业来说，UCL在学术界排名，超过牛津大学。这也是甘地的大学母校。这也是2007年度再次获得诺贝尔经济学奖的英国经济学家的大学母校。UCL的诺奖获得者，已经上升为19名了。无论他们是从前的老师还是现在的老师，他们都是亦池的老师。在这所大学里，亦池都能感受到他们的学风和精神，直接接触和受教于世界上最优秀的人——亦池又笑话我肉麻，说我把话说得好大。但是事实就是这样的，孩子自己是当事人，年纪还小，很难体会到我说的意义。我相信若干年以后，亦池真正长大了，她会明白的。说不定到时候比我说话还肉麻。

UCL在收到亦池的肯定答复以后，立刻就来了学费收缴通知——收钱的效率在英国学校是相当的高——暑假都会有人专门收学费的。英国针对留学生的学费几乎是年年在涨价，顶尖大学的学费还真不便宜，但是，有什么办法呢？是咱们自己愿意购买啊，人家的东西好啊。

亦池也刻不容缓地向学校申请居住大学生宿舍。在UCL，一年级新生是可以申请居住大学生宿舍的，二年级以后就都是自己在社会上租房居住了。申请啊包括已经开始打听以后的租房行情啊，都不用我操心，都是亦池自己一一打理。我曾相当瞎操心过的亦池的几箱子行李，亦池早已稳妥地交给寄存托运公司了，现在只要把开学时间告诉这个公司，他们会在约定的时间，给亦池送去她的行李——当然，收费不菲。不过我认为，收了钱只要把事情办好，我们也是愿意的。亦池显然长大了，她在英国处理事情的方式，都已经是我想都想不出来的。也有不少留学生与我的思维方式一样，习惯找熟人托老乡帮忙，把行李拖过去放在他们那里，结果，欠了人情还不说，还经常有弄丢的。亦池说她一定会选择最简单最保险最科学的方式。妈妈你就少操心吧。

好吧。亦池考上大学了。我就只操心怎么享受这份高兴吧。

我们热烈庆祝。我每天给亦池做她最喜欢吃的菜。我们烧一大锅香味浓、汁厚麻、辣喷香的干锅鸡。喝酒，频频干杯。我买了一条最鲜艳的朱砂红连衣裙送给亦池。亦池高兴地换上。我们去公园拍照。亦池也会自告奋勇为我们做早餐，英式早餐，加了黄油打的松泡泡的煎炒鸡蛋，还做了图案，放在盘子里，非常好看也非常美味。

一场初秋的细雨来了，是9月份了，开学时间到了，我的孩子，又要离开我了。我们一起来到浦东机场，我要送我的孩子上大学了。

亦池两年辛苦不寻常，就要飞向她自己喜爱的伦敦大学UCL了。

想起两年前在这里为亦池送行，一个十六岁的土里土气的黄毛丫头，也不知道此去是否顺利，也不敢想两年后的高考会怎么样，心里七上八下惶惑不安。一转眼就是两年以后了，我又立在安检门外，一动不动，目送着我亭亭玉立、时尚洋派、自信满满的女儿。我甚至连一句关于大学功课的话，一句好好学习的话，都没有嘱咐。嘱咐的只是坚持做瑜伽，坚持运动，坚持吃好睡好，务必重视身体健康，务必注意人身安全，务必注意不要太抠门，务必注意要开始谈恋爱了——马上十九岁了，不小了，因为谈恋爱也是要学习的，务必要从普通朋友开始交往，别上来就谈情说爱，选择对象也是需要时间的——别学习学傻了，学成一个让妈妈发愁嫁不出去的老姑娘了！

“好吧。”亦池同情地看着我瞎操心的毛病又发作，她笑嘻嘻地敷衍我说，“好吧好吧，我一有了男朋友就告诉你。”

就在一个马马虎虎随随便便的拥抱里，亦池伏在我耳边说了一句我们母女之间的私房玩笑话，我忍不住爆出一声大笑，她趁机就溜进了安检门。我这孩子不喜欢告别。

亦池事先就给我打了预防针，说她换票以后就要过安检进候机室，时间留出来她好去逛逛免税商店。她得给英国的同学买一条香烟过去。亦池同时申明：“不是我抽啊妈妈。我没有抽烟啊妈妈。”我也只是笑笑。哪个孩子会完全彻底对父母说真话呢？她生活在英国我怎么知道呢？也许她也会偷偷吸来试试呢？吞云吐雾对哪个少年不曾有过诱惑呢？何况女生吸烟显得那么时尚和酷。我不会追究亦池的。我这个做妈妈的，心里非常明白：孩子在我们眼里，永远是一座冰山；我们永远只能看见浮在水面的一部分，尖尖的小部分；他们更大的部分、更多的内容都掩藏在水面之下；孩子越是长大越是这样，因为她是一个独立的人，她有她自己的生活环境和自己的需要和主意。我告诫自己：做一个该放手时就放手的妈妈吧！仅仅从那冰山尖峰的纹路和肌理上，我就能够知道自己孩子是一个怎样的人——她是一个怎样的人，她就会以怎样的方式处理各种诱惑和问题——我相信我的孩子！俗话说：三岁看老。在亦池三岁的时候，我就对自己孩子有了把握。这就行了。

看着亦池的背影远去，往昔历历在眼前。我的心意，再没有别的语言可以说，还是一如当年，亦池五岁时候我写的《怎么爱你也不够》："我给女儿生命，只是一种偶然，女儿不用感谢。我希望的是，女儿能够慢慢明白，我倒是深深感谢她给了我另一种生活。我对孩子没有任何要求。如果孩子的盛开需要肥沃的土壤，我情愿腐朽在她的根下。"

飞机起飞了。亦池再赴英伦。亦池上大学了。她是否有慢慢明白我的话呢？不知道，但愿有！

成为大学生，成为硕士，成为人

自然，我还是一宿无眠，直至亦池安全抵达伦敦西斯罗机场后电话打回家。我还指望亦池能够从机场到达学校宿舍以后，再给我来个电话报平安。亦池肯定地说："不打了。已经平安到伦敦了。你睡觉吧。中国都凌晨两三点了。你快睡觉。你就放心吧。我又不是没有来过学校。熟悉着呢。"

我心里一热：我孩子是大人了！我孩子知道体恤妈妈了！以前还不怎么说出口的，现在开始学会命令式的简洁口吻表达了。没有爱娇，没有委婉，没有甜言蜜语，很像男孩子的突兀，在突兀里头暗含着对妈妈的不好意思的柔情。

好！我喜欢这风格！我听亦池的，不敢再有要求。其实躺着我还是睡不着，因为实在不知道亦池拖着大箱子小箱子的怎么方便找到宿舍，也实在不知道她只有先到了宿舍才可以联系人家送来铺盖行李，而她到达伦敦的时候夜幕已经降临，寄托公司已经下班。宿舍的第一夜，亦池连铺盖行李洗漱用具都没有，怎么睡觉？这算是妈妈的瞎操心吧？亦池不肯回答我的啰唆问题。她只是说：“你别管了。我有办法就是了。再说伦敦我还有许多师姐师兄呢。”这就是在英国读中学的好处了，C.C 中学的校友们一届届都有花名册，有校友会，有互相联络帮助的传统。

想想半年前，亦池在英国面试，我还对这种方式颇为不满：怎么能够让十七八岁的孩子独自一人全国乱闯乱跑？现在这种锻炼孩子的教育方式，好处也就体现出来了：亦池已经到过大学。她的确可以不那么陌生地找到自己的大学。

我慢慢发现英国教育是有一点先苦后甜的。

伦敦大学的开学，又更是可以称得上艰苦的：亦池进校后的第一件事情，就是安营扎寨，建立自己的小窝。

大学宿舍不再有房爸房妈，不再限制睡觉起床时间，不再分男女界限，甚至学校都不派任何管理员，就是社会上的普通公寓而已。宿舍就是一间空荡荡的小房，是上一届新生搬走以后乱糟糟没有经过人打扫和整理的。亦池的高中生活，尽管也是独立性很强的个人生活，但毕竟是寄宿学校，学校提供宿舍管理和设备，提供床铺被盖，也有专人每周定期换洗，学校食堂一日三餐外加课间还提供两次喝茶：早茶和晚茶。比起大学来，就已经是很享福了。所谓大学宿舍，几乎就是一间空房间。只有一张空床，别说铺盖，连床垫子都没有。亦池需要购买的日常用品很多，差不多就是一个小家庭的衣食住行和柴米油盐酱醋茶。公用厨房里有冰箱，当然，空的。有厕所，当然，空的，没有厕纸和洁厕用品用具。有浴室，当然，空的，没有沐浴液肥皂毛巾拖鞋。有洗衣机，当然，空的，自己要买洗衣粉和小盆小桶什么的；不仅洗衣粉要买，还要买硬币，洗衣机是收费的，投币使用。网络，当然，断掉的；需要使用，先交费再替你安装连接。

亦池在伦敦大学 UCL 上的第一节课，不在课堂上，而是在生活上。英国强调兵马未动粮草先行，强调一切事先做好准备和预算。新生进校，你得首先抓紧时间建立自己的住所。大学生是成年人了。作为一个成年人，你的一切都要付钱，你的一切都要靠你自己动手。你面对的所有现实，会告诉你一个真理：“天上绝对不会掉下馅饼。”

英国的大学新生进校，是没有父母来送的，更不可能出现父母替孩子打扫宿舍的现象。一切都是自己动手。我问亦池：“万一有中国父母追到英国去替孩子打扫宿舍呢？”亦池哈哈大笑，说没有见过。说假如出现这种情况，孩子一定会无地自容，并会在同学中留下一个永远的笑柄。亦池所在的 UCL 新生宿舍，有来自各国的新生，有各种肤色的男女同学，一律都是自己建设自己的小窝。当然也有懒惰的，说是有个希腊男生，那长相帅得令人窒息，活生生就是大街上的一尊俊美雕像，但是懒惰到就随便捡了一只破席梦思床垫，往房间地上一扔，可以睡觉就成了。我至今都不知道亦池进校的第一夜是怎样度过的，是不是也在垃圾堆捡一只垫子对付了一夜，她当然说不可能。但是也没有告诉我具体情况，说什么早忘了。

亦池是有热情建设小窝的。从她三岁我就设法扩大家庭面积，给她一间属于自己的小房间，她已经养成热爱自己小房间的习惯。何况这是她在伦敦的属于她自己的一个小天地啊！这是亦池的梦想成真啊！亦池一点不觉得辛苦，甩开膀子大干，穿着 T 恤牛仔裤，挽起袖子，打扫房间，刷墙，挂上窗帘，把寄托公司送来的几箱子行李书籍打开，归置整理，安排妥当，再开列清单，外出购买一批生活必需品，大到床垫子，小到挂衣架，被子被套枕头简易衣柜等等等等，都得一件件买回来。伦敦是大城市，出门就花钱，物价高于小镇，亦池吃惊了，发现购物经费超出预算了，她得设法控制支出。询问师姐师兄，网上查询，亦池说："妈妈，我必须购买最价廉物美的日常用品。"

我的观点是：算了！学习要紧！已经开学了，就不要太抠价格，赶紧买齐用品吧。

亦池的观点却是：学习的目的就是要学会以最优方式处理生活。她的专业就是经济与统计，如果连自己日常用度都随便超预算，那不白学了。

亦池当然不会听我的，尽管钱是我的，但她就是不愿意随便花销。作为一个经济专业的大学生，亦池特想在伦敦建设一个符合经济学的价廉物美的小家，这才有成就感。

课本根本都还没有翻开，亦池就狠狠忙碌了一通家庭建设。亦池也承认忙死了，累得腰酸背疼，脚都跑肿了。真的是家的感觉了，所以亦池和我电话里说话，都是一口一个“我家”。她说：“妈妈，我家已经更漂亮了。”我们中国的风俗习惯是，只有在孩子结婚成家以后，才会称她的小家庭是“你家”。现在我提前了，亦池在 UCL 一上学，我们母女就说“你回家了？”“你家网络通了吗？”俨然就是一个家庭了。

先把“我家”建设起来，再去学校上课，就没有后顾之忧了。课堂上，教师进来，开口就讲专业知识。下课了，教师就走人。学校是再也不会有人问你是否居住妥当了，或者你居住在哪里。英国的大学，把这些都当作私人的隐私，一概是不管的了。十八岁，就是这么一个概念，你是一个拥有完全的个人权利的人了。这也就意味着：你要对自己的行为负全部责任了。你进校后的个人居住，完全由你自己劳动和建设。假如你很另类、很个性、很懒散，愿意露宿街头，都可以——只要不违法，学校也不会干涉你；但是你必须修满课时，拿到学分，通过考试，完成论文。

这也就意味着，我们的概念需要彻底改变。学校根本不会过问和帮助你的个人生活。你实在需要救济，政府有救济站。大学，就是大人的学校。完全是大人的生活方式，孩子们就自己迎接这种巨大的转变，锻炼并适应吧。亦池欢快地告诉我：“妈妈，我都能搞定。”

英国大学的校舍建筑、文化理念，也与这种独立的成人生活和社会生活的文化理念相匹配。没有整体画圈成块的校园，没有校园围墙，没有学校大门后门，没有门卫关卡，教学楼与伦敦城市建筑融为一体，这里一栋，那里一栋，有的相距甚远，还要乘公汽乃至坐地铁。你从任何方向到学校来都可以，条条道路通罗马。而你的个人生活方式，你家是否整洁漂亮，完全与学业没有关系，学校也根本不会检查你是否把被子叠成了规矩的豆腐块。像亦池这样乐意付出更多劳动和汗水，把“我家”建设得干净漂亮，学校也不会因此表扬她。不过，同学之间还是会大加赞许。亦池自找苦吃的行为，完全是她自愿。她就像狗狗一样，一定要把自己的小窝折腾得舒舒服服。有时候也许会显得很凌乱，到处丢的是衣服和袜子，亦池扬扬得意自称自己“乱中有序”，她自己需要什么，很快就十分精确地从乱堆子里提溜出来。

新生进校，都是前后不一的时间，各自去教务处，登记注册，拿到自己所学科目的课程表以及学校的有关资料，以后到点进教室，OK，就算上学了。没有全校新生统一的开学时间，没有全体新生齐刷刷集合的开学典礼，没有校长在集体典礼上讲话，说“金秋季节，丹桂飘香，我们胜利地迎来了新的学期和新的同学”，以及激励我们要如何如何努力学习，将来要成为国家什么样的人才。伦敦大学 UCL，一概都没有，一概都很个人化，看起来很是散漫。

亦池说：“妈妈你错了，英国大学是太严了。”

很快，亦池功课的高标准高要求让她立刻发现自己丝毫不敢懈怠。原本亦池是英国北部小镇的一个乡下姑娘进城了，收到录取通知以后，跃跃欲试，准备在伦敦好好玩一通的。上学一段时间以后，亦池也没有说她不玩了，只是在通电话时候多次流露：“功课好难，高等数学好难。”

英国大学对于学习的管理一点不散漫，简直太严格了。它们是严进严出。考进去很严格，毕业则更难。有严格的升级、留级和劝退制度。且留级的机会只有一次，学校绝对不容忍第二次留级。成绩是当然的唯一标准。大学对于学生的抓紧和成绩计算方式，与中学一脉相承。平时每次作业与考试，都会算分的，最后综合期末考试成绩一计算：半点不客气，考过就升级；考不过就留级。千辛万苦考进了大学，万一留级和被退学，岂不是前功尽弃？！是的，你是成年人了，学校不管你的个人生活和道德问题，但是如果你经常泡吧，忘情玩乐，加上假期很多，一学年一晃就过去了，考不过，怎么办？留级。然后再考不过，退学。如果你有本事考过，那就随便你玩吧。其实，能够考进 UCL，一般学生都非常珍惜的，再说也还有个脸面问题。亦池连忙表示：“妈妈，我是不可以留级的，太丢脸了，也太浪费钱了！”

虽说亦池临行之前，鉴于她高考成功和飞快成熟，我不再嘱咐她的功课。可是做妈妈的，总容易犯“关心孩子”的毛病。看见英国的大学如此散漫，我又有点犯毛病了。因为亦池爱玩，爱艺术，伦敦可是艺术之巅、艺术之都，亦池要是玩疯了，痴迷进去，也未尝可知。就在我准备“关心关心”亦池功课的时候，发现其实我的孩子好可怜，还没有喘一口气，笼头被勒得更紧了。

UCL 大学本科只有三年。第一年：熟悉学校、熟悉教授和授课特点、熟悉生活环境，加上不断地放假，作业和考试，飞快就过去了。第二年：要离开宿舍自己租房，要在功课学习的同时开始准备毕业论文，英国别说大学了，中学都非常重视做论文，大学就更加重视了。第三年：毕业考试，做论文以及通过论文。我对亦池的“关心关心”不是功课了，而是变成了“亦池多睡一会儿啊”，变成了“亦池坚持了瑜伽没有啊”，变成了“亦池去吧，同学邀请的派对你就多去去吧”。

我在香港大学做过几个月驻校作家。港大是英式教育体制。学生通过考试，是一桩天大事情。因此，考试那几天，就连学生食堂，都要加送一只苹果，要递给学生们，还要说一句祝愿：“祝你考过。”有一次我排错了队，站学生队伍拿饭了，服务员依然也加送一只苹果给我，也用广东话说：“祝你考过！”所以，每当亦池临考，我也会对亦池说：“祝你考过！”

祝你考过，对亦池简直再合适不过了。“考过”二字，基本就是亦池的学习方略。UCL 的三年，也都顺利考过，没有留级。亦池，我这孩子，她从小到大对自己的要求，都是只要考过，绝不追求名列前茅。我从来没有问过她为什么，这种问话，我话到嘴边也没有说出口，因为我觉得有点伤人。我暗自揣摩，我的孩子可能没有名列前茅的实力，也没有名列前茅的聪明，她已经尽力了，就是最好，咱没有那个资质天分，要求高了，孩子怎么受得了？孩子一难受，我怎么受得了？我也暗自揣摩，也有可能我的孩子是早慧，根子里头就有觉悟，已经悟道。咱们中国传统文化的精髓，不就是中庸之道吗？峣峣者易折，皎皎者易污。木秀于林，风必摧之；水满则溢，月满则亏。还是“考过”就好。

因此我也就从来不去做名列前茅之想，也就不会去要求亦池。亦池倒也是一点不客气。她就估摸着“考过”去使力气，剩余的力气，她还是要玩的。伦敦是世界上最好玩的都市之一。什么玩的没有？伦敦眼、摩天轮、博物馆、美术馆、老百货商场、老饭店的下午茶、音乐厅、电影院、旧货市场、老杂货铺子、古董店、奶酪店。大市场某个排档在某个时间正好进货的新鲜海鲜。亦池的摄影爱好在伦敦更上一层楼，除了看不完的摄影展览，除了满伦敦跑来跑去拍照，还可以买到老古董相机和胶片，又很复古地拍起胶片来了。

一般说来，中国留学生上大学了，成年了，就可以打工了。成绩名列前茅者，就可以申请奖学金了。总之，勤奋的、勤劳的、节俭的大学生们，在课外都会选择这样两种生活方式。亦池都不选择，她有自己的主意。亦池也是非常节俭的，但是她不盲目去做苦力。她会事先计算一份打工的付出与收入，是否值当。亦池给我分析：你去麦当劳卖快餐，从事的是简单体力劳动，一天下来，累得两眼发绿，就赚了那一点法律规定的死钱。而如果你把自己与同学们多余的、穿腻的衣物和小饰品拿出去摆地摊，说不定赚的钱比麦当劳多，劳动时间也可长可短，自己掌握。即便哪一趟没有赚钱，也赚了社交能力，赚了训练口语和锻炼胆量的能力，赚了悠闲从容观察他人的能力，赚了融入英国社会各阶层人群的能力，还学习了许多东西，因为地摊市场巨大，市井百货，字画古董，瓷器绣品，人间沧桑，传奇故事，只要你愿意听、看、聊、逛，你就会有收获——这是说得复杂了；简单一句话：好玩极了。

我这孩子，亦池，选择的勤工俭学方式，竟然是在伦敦摆地摊。又赚钱，又出清了自己积累的衣物，特别是又获得了广泛的社会知识的学习机会，这是花钱都很难学到的。亦池又情愿去做义工。拿出星期天，在伦敦一家慈善书店做义务的售书员，做得还极其认真和规矩。有一天我有急事打她手机，她当即挂断。一会儿跑到卫生间，给我打过来，压低声音说："妈妈，我在上班呢。"

我不解地问："不就是义工吗？"

亦池说："是啊。义工也不可以在人家书店店铺里就随便接电话啊！"

我只好说："好吧。"

在到处随便可以大声打电话的中国，我已经非常习惯。我的孩子这么一提醒我，我仿佛觉得这孩子不是中国人似的。又为她将来回国的工作竞争瞎操心了：亦池这样规矩，肯定毫无竞争力。

却也料想不到，亦池两个暑假回国，也去打工试试，她想接触接触现实，体验一下实际工作是怎么回事，自己是否能够适应并喜欢。倒有她自己特别的竞争力，就是不跟人争。她特别温和，特别有耐心，不知道急躁，也不和人争论，什么情况都激怒不了她，完全是一副英式好脾气。先一份工是在中国的外企，亦池果然很是讨人喜欢。后来一份是在中国银行，从最辛苦的大堂接待开始做起。被要求穿制服，化淡妆，头发要扎脑后，还要戴一花结子，见人进来就得笑脸相迎。亦池做了一段时间，冲她来的客户明显多起来。尤其老外，一听她的英语，就像见到了亲人。

大学最后一个暑假回家，亦池回家就对我说："妈妈，我不能在家过完暑假，我要回伦敦做论文。"

我说："妈妈给你做饭，你专心做论文不好吗？"

亦池说："很好啊！可是，国内资料太少了，伦敦有足够的图书馆提供足够的资料。"

那我就没有办法了。再舍不得，也总不能够妨碍孩子的学习吧？只好任由她提前返回伦敦。

临行之前，译林出版社突然找上门来了，向池老师打听亦池同学的联络方式，说是他们看了我写的《来吧，孩子》，感觉亦池英语和文学都不错，想和亦池谈一谈，了解一下，如果合适，想请亦池翻译一本美国小说。

我太知道了，小说翻译可不是儿戏，连我好几种小说的英文译本，人家都是教授级的翻译家，但据说读者反映并不满意。亦池太嫩了，且又曾经宣称：不喜欢像妈妈那样成为一个苦力写作者。我正要谢绝，亦池同学就在我身边，她却颇有兴趣地频频点头。我还是坚持问了一下详细情况，译林出版社解释给我听，之所以想到亦池，是因为这部小说，是以一个女孩子的口吻自述离家出走的故事。正是亦池这个年龄的女孩子，充满逆反的故事。我还是对译林出版社表示了我的担忧，就是感觉亦池太嫩。在译林出版社的坚持和亦池的乐意之间，忽然，我觉得自己老了。我横在新生事物中间，顾虑重重。好吧，我撤退，且看你们怎么办。译林出版社负责人和亦池一通话一聊，得，双方一拍即合，决定签署翻译出版合同。

在我看来，一件大事发生了：翻译美国小说家的新作，并且中国与美国同步出版。这真不是儿戏。亦池答应人家签合同。电话说完好像就丢到脑后了。也不请教一下我这个江湖前辈，至少这方面，我比她懂得轻重吧？亦池没事人一样，该吃吃，该喝喝，该睡懒觉就大睡特睡，可以到下午一点钟还不醒。大学最后一年了，毕业论文很紧张了，又冒冒失失接下了一本美国小说的翻译。我看着熟睡成一摊泥的孩子，哭笑不得，这心理素质也太皮实了。

咳，我瞎操心做什么？！人家译林出版社都不担心，我担心个啥？

亦池与译林出版社签订了翻译出版合同，译林出版社给亦池的稿费，竟然是比较高的标准。亦池看着这个价格，很是快乐，很是得意。见我没有跟着她乐，才说："妈妈别瞎操心了。拿得下来我才签合同的。"

我不理解了："且不说你拿不拿得下，就是时间也不够用啊？你做论文时间已经很紧了，为什么要接这么一个重活儿？毕业以后再当作一个业余爱好也不迟啊？"

孩子和我这个妈妈的思路根本都不同，她说："打工呗，勤工俭学赚点稿费呗。"又说："就是写论文太紧张了，才时不时需要调节一下，转换一下呗。"

如果亦池的轻描淡写口吻和天真表情不是这般的出自天然，我会认为她少年轻狂到不知天高地厚。翻译小说并不比写小说更容易，需要两种文字技巧，需要两种文学修养，需要对两个民族的人情世态、风物万象基本了解和理解。

我为她捏了一把汗，但是我不想吓唬她。我也就顺着她的态度，也轻描淡写地只说："好吧，那我就拭目以待了。"

亦池答："走着瞧。"

我这孩子，一旦快乐，就会冒出一股聪明劲儿。每每我都看得见这股劲儿。我知道她会努力。但是有许多事情，并非努力就可以成功，文学翻译的专业性太强了，专业的基本技能是必须要学习的。

亦池与我嘻嘻哈哈的，说："我在你肚子里面就开始学习文学专业了。"

亦池说走就走，舍弃了家里的美味佳肴。大三暑假提前两个月返回伦敦，做毕业论文，翻译小说，去海边旅行，去苏格兰旅行，想看到尼斯湖怪物，没有看到。此前，她已经去过巴黎，去过比利时，在巧克力工厂吃了一个饱。还去了哪些地方，那些照片拍的海边是英格兰哪里，在哪里爬树，在哪里划艇，我都无法记住，也无法详细追问，亦池也不会详细回答。我只感觉这孩子越玩越野，看你不能毕业怎么办？

我心想，我得忍住不说。我不做唠叨的妈妈。我就冒这个险。反正伴随亦池长大，一路都是有惊无险，每次大考，都是险过。反正我这孩子憨人有憨福。

一年过去，结果出来了，我又很开心又很愧对孩子：我总是低估她。即便是我这样自以为很放手的妈妈，也还是多估计了孩子的贪玩，少估计了孩子的用功；多看了孩子的年轻幼稚，少看了孩子的青春敏锐。

一年后亦池大学毕业了。毕业论文顺利通过。美国小说的中文译本《致我离家出走的女儿》，翻译完毕。最后的好消息对于我，简直是于无声处听惊雷：亦池考上了伦敦政治经济学院的研究生。

原本亦池是想在大学毕业以后先工作一段时间的。大学期间，亦池特别向往参加工作。而且是向往替人家工作，不似别的孩子有雄心大志想自己创业，她反复向我描述她的理想："我就是想打工。替人家工作，自己不操心，只管把本职工作做好，只管拿薪水，假期到处玩。"

亦池的理想是很奇怪的，哪个年轻人不是更向往自由自在，自己创业，做自己的主人呢？我年轻时候就是，狂热地追求自由职业，已经当医生了还千方百计改行，坚决不想做朝九晚五的上班一族。亦池倒有意思，她不为"自由"所动，就想上班，想替某个公司打工，拿到薪水，到处玩。如此，我以为亦池不一定会考研。尤其是考伦敦政治经济学院这个顶尖大牌商学院的硕士研究生。

考研也是亦池自己决定的。导致亦池改变她的"打工赚钱去玩"的原因，是英国经济不景气，工作岗位缩减，她再三寻找，也没有找到"适合"她的工作。"所以"，她就决定继续"再读一年研究生"吧。

亦池自从主意一变，自己立刻转而复习考研功课。考研整个过程，也是亦池自己完全独立地完成了。之所以说她“完全独立”，是与她的高考都不一样的。三年前的高考，尽管也是亦池独立在英国考试，但是好歹亦池还告诉我详细情况，考试进展，哪一天到哪里面试，等等。那时候，种种细节还和我聊。这次考研，亦池几乎什么具体过程什么具体情况，都不和我通气了。我问，亦池只说：“我太忙了没时间和你细说。”又说：“妈妈，我说多了你也不懂，都是英语和专业性的东西。”

亦池说，既然考研，总是要选择最适合自己专业的大学。亦池在对我介绍伦敦政治经济学院的时候，只简单明了地说：“妈妈，这是一所很好、很好的大学。”

亦池 2010 年暑假回家，我们家三喜盈门：一喜亦池大学顺利毕业；二喜亦池考上伦敦政治经济学院硕士研究生；三喜亦池二十一岁出版第一本翻译小说。

而我，最大的收获是：坐享其成，轻松当妈妈。

我的孩子，英国学业，中国翻译，独当几面，她成人了。

致我从未离家出走的女孩

亦池考研成功，亲朋好友知道了纷纷恭喜和祝贺，都说你女儿太给你长脸了。是的，我的确是满心高兴，的确觉得脸面光彩，自己遭遇中的不顺心不公平，也都顿时无所谓了，出出进进在车马喧嚣烟尘飞扬的城市，也都只觉得是绿水青山带笑颜。我们社会就是这样的习俗文化，自家小孩，似乎唯有书读得越高，考的学校越有名气，才是最耀祖光宗的。是的，我也逃不出世俗，虚荣心也非常满足。然而，最让我由衷喜悦和深感欣慰的，却是亦池的这一把玩票。

文学不是亦池的专业，也算不上她的爱好。她从小跟随我，阅读量倒是不算小，但是并没有表现出对文学写作的酷爱。小说翻译更是新手。亦池一边做大学毕业论文，一边翻译这本美国小说，果真是当作论文之间的思维调剂和休息。后来，亦池快要翻译完毕的时候，我的担心实在忍不住，问她是否需要我亲自做一次她的责任编辑，是否愿意把文稿给我，让我看一看。这个时候的亦池，倒是蛮谦虚的，说："当然要妈妈看看的。" 不久我就收到了亦池的翻译文稿，没有想到一读就被流畅而俏皮的文字吸引了，我是一口气读完的。读完之后，久久不能平静。可以说，我阅读了无数外国文学作品，有无数优秀的翻译大家，比如傅雷翻译的《巴尔扎克作品集》等等，可惜近年，翻译的外国文学越来越多，质量却江河日下，不忍卒读。翻译行当普遍浮躁，粗浅急就，遍体硬伤，毫无文学意味，更有许多外语学院学生分片包干，最后拼凑在一起，以老师的名字出版。在这种情形下，亦池的翻译文本，是如此惊艳。以至于我怕自己因为母爱糊涂，夸张了，便特意私底下求了一位朋友、文坛公认的文学作品鉴赏大家，请他看看一部翻译书稿，事先我并没有说是亦池的。他很快看完，大加赞赏，问是谁翻译的，把美国一个十六七岁女孩子的心态翻译得如此准确，并且特别能够传达这个年龄女孩子的青春气息，文字也特好。获得佐证，我放心了。我这才告诉她，这是我二十一岁的女儿翻译的。

我清醒地知道，我在夸孩子；我更清醒地知道，夸孩子是自己给自己挠痒痒——自己特舒服，别人看着不雅。但是我在讲孩子的故事，如果孩子真是值得一夸呢？那也要举贤不避亲了。我要举个例子，以供读者自己来判断我的判断。我要推荐亦池翻译的一首诗歌，我的确情不自禁要推荐，因为翻译得太精妙了，超过了我所读到的版本。在这本翻译小说里，原作者引用了一首诗歌，是19世纪英国著名女诗人伊丽莎白·巴雷特·勃朗宁的诗：《伊丽莎白·巴雷特·勃朗宁的情书》之《葡萄牙十四行诗》第43首。勃朗宁夫人的这本诗歌，在中国早有翻译出版，且有多种不同译本。我在网上看到白金汉英语官网上选录了这首诗歌，没有注明翻译者姓名和版本来源，我想它们应该会选择最好的版本在网上呈现。如下：

《伊丽莎白·巴雷特·勃朗宁的情书》之《葡萄牙十四行诗》第43首：

我是怎样地爱你，让我细说端详。
我从心灵的最深、最广和最高处爱着你，
深到口力之极，广到存在的边缘，
高到上苍理想的荣光。
我爱你已成为我每日最平静的渴望，
如太阳和烛光那般轻无声息。
我无拘无束地爱你，像人类追求天生的权利，
我真心地爱着你，像他们一样不需要赞扬。
以我对陈伤旧痛的深情，

以我孩童时的虔诚和信仰，

我爱你，以我对失去圣徒的痴情，

我爱你，以我一生中所有的呼吸，所有欢笑和泪水！

而且，假如上帝的选择英明，

我死后必将更加爱你！

而我的孩子，亦池的翻译如下：

《伊丽莎白·巴雷特·勃朗宁的情书》之《葡萄牙十四行诗》第43首：

让我来细数我对你的爱：

那是我竭尽了自己灵魂所能触及的深度、宽度和高度，

直至视线都到达不了，

直至生命的尽头，

直至完美的极限。

我对你的爱是每一天最基本的需求，

就像我需求太阳和烛光。

我对你的爱不由自主得就像人们对真理的追逐，

我对你的爱纯粹得无须称赞也不求回报。

我对你的爱充满激情，

这份激情只在从前悲痛万分的时刻

与儿时天真的信仰中才有过。

我对你的爱是我以为本已经失去的

和我渐渐流失的时间一起消失的那种爱。

我对你的爱是我生命里的每一次呼吸，

每一个微笑，

每一滴泪水。

如果上帝允许，

在我死后，只会更加爱你！

以上两个版本的翻译，对照比读，我相信读者是可以明鉴的。亦池翻译得太好了！自从亦池这本小说出版之后，网上再出现的这首勃朗宁夫人的情诗，就有许多读者都是使用亦池的版本了。

而诗歌又是最难翻译的，比小说难度更大。一般在小说翻译过程当中遇到引用诗歌，翻译者大多会选用一个现成的版本。亦池也是完全可以按照行业惯例去这么做的，那就省事多了。可是亦池对现有的翻译版本很不满意。以她在英国读到的《伊丽莎白 · 巴雷特 · 勃朗宁的情书》英文原版，她觉得中文现有版本翻译误差太大，韵律也差，损失了许多激情深度。因此，亦池大胆地做了重新翻译。事实证明，只要我们诵读一遍，对比一下，就不难读出，不同的翻译带给我们的是不同水平的诗人。我的孩子，我作为一个热爱好诗的读者，我是如此感谢她。我很快就会背诵亦池翻译的这首诗了，它真美！

为这首诗歌，当时我很感动地给亦池写了一封电邮。现在我有点羞于发表出来，因为现在看来，我显得十分冲动和幼稚，与亦池的关系有点颠倒，像一个高中女生写给成名翻译家的信。不过，我还是再三地鼓起勇气，把这封信真实地拿出来了，否则，不足以证明我当时当刻的激动和喜悦。我写道：“亦池翻译得多好啊！亦池你一定还不知道，勃朗宁的整本诗歌 44 首已有中文翻译，我看过了不止一次，其中许多首诗歌很遗憾的匠气十足，毫无诗味。而你的翻译是如此传神，其激情充沛、美妙绝伦之感与历来世界上对于勃朗宁诗歌的评价完全吻合。你远远超过了原有的版本！你把妈妈看呆了！”

亦池怎么回我信的呢？我不记得了。也没有留下来。不是特别的信我不会留下来。可以肯定的是，亦池并没有上杆子，没有以同样的冲动和热情应和我，也没有随我的吹捧飘飘然或者感谢我。好像过了许多天，亦池才简单回邮几个字，很平实的那种，比如“知道了我在忙论文还看了一个狗狗选美赛”。诸如此类，前面没有称呼“妈妈”，后面也没有落款“亦池”。这是亦池多年如一日给我写信的基本模式：就事论事体。

就事论事体，我懂的。我喜欢。我是默默喜欢着，理解亦池的风格。只要她给我几个字就好。看她几个字，心里就妥帖了。我知道，孩子这样写信，正是因为妈妈太亲，亲到世上所有甜言蜜语都用不着，用了反而隔阂。甜言蜜语是谈恋爱用的，是朋友同学之间表达友谊用的，小酸词是文青闺蜜用的。唯有至亲骨肉，一个眼神，或者几个字，就够。好比人类与太阳的关系，就三个字——晒太阳，就够。不过，家族里却也有亲戚或前辈或老人，也有背后嘀咕的，以为亦池这孩子嘴巴不甜，不亲热人，不会奉承，觉得冷淡。我也不过多为亦池做辩护和解释，不要求人人都懂你，这一点世情，亦池应该从小就知道。反正有妈妈懂就好，我这个傻妈妈，只管热乎乎写我的信，只管夸我的孩子，随便亦池怎么回信都行。世上从来都是水往下流，我看重和恭维孩子很自然，要我孩子看重和恭维我，那倒是不自然了，我会不自在的。

我之所以如此看重亦池这一次玩票性质的小说翻译：首先是可以检验出她的语言水准，中文和英文的。同时可以考验她的契约精神，是否信守合同；是否按时完成每一道工作程序。再次，可以反映出她的合作能力。出版是一个集体行动，亦池要与责编、美编、发行、宣传等方方面面的人打交道。合作得好不好，全看亦池是否善于沟通协调，是否尊重礼貌但又善于求同存异，一年多的合作过程最终结果是否达到理想目标，这都是课堂知识以外的知识，都是更加重要的知识，都是考试分数。如果这种社会能力考核及格，那么我孩子将来的立锥之地之稳固，立身之本之牢靠，才有可能。我孩子一辈子的健康、快乐和幸福，才有可能得到她自己能力的保证。

有一天，在图书馆尘封已久的资料堆里，我翻到了一些英国的哲学思想书籍，发现英国在16世纪就开始高度重视和研究孩子的教育。比如1511年，英国就出版了《论学习顺序》，该书具体到探讨如何建立圣保罗学校的课程设置模式。1531年《论教育》出版，这是对于孩子们教育目标和方法的思考。同年，一个名叫托马斯·埃利奥特的爵士，出版了《统治者之书》，这本书成为了划时代的指导著作，影响了整个16世纪英国的孩子教育。伊丽莎白女王的私人教师阿沙姆，在1548—1550年之间，教授未来的一代英豪女王伊丽莎白，后来出版了《教师》一书。他认为：诗歌、历史、哲学和雄辩术，是孩子们必须学习的“素材”类著作。英国要凭借这种教育“挽救和保存古代智慧形成”，而“古代智慧形式比任何现代世界所能够渴望得到的东西更为深厚”。他说：“如果通向智慧的小道被严重堵塞，孩子们就无法获得智慧和庄重。”

英国的教育家们的共识是，要“把人文主义教育理论的普遍原则应用到普通文法学校的日常管理中去”，以便“使孩子们成为智慧、庄重、德才兼备、勇敢顽强的文雅之士”。

这就是说：让孩子们成为怎样的人，是教育的第一位！怎样的人才有怎样的智慧和庄重，他才能有怎样的出息！人的因素第一！后来的历史事实证明，英国的教育极其成功。最典型的例子和楷模，就是在后来登上王位的伊丽莎白女王。这个女子，不仅被教育成为淑女，还同时被教育成为智者。正是她，带领英国一崛而起，并在她执政的几十年里，让英国逐步变成了世界强国。

吸收古今中外智者前贤的教导，永远是最好的启迪和帮助。我的孩子，尽管是平凡人家女孩儿，但与伊丽莎白女王同样需要智慧和庄重。或者反过来说，伊丽莎白女王个人也同样是一个女孩儿，她学习的东西首先也是要满足她作为一个女子的立身之本。治大国如烹小鲜，做女王与做自己，若要获得快乐、健康和幸福，需要学习的生存本领是一样的。

在翻译出版的整个过程当中，我看到亦池与译林出版社沟通和合作良好，最后新书出来，双方都是感觉十分圆满，皆大欢喜。这是大学毕业后的暑假了，亦池正好回国。译林出版社为亦池在上海书城举行了新书首发式，也正好与预期的美国出版社在美国同步推出新书。译林出版社非常高兴地看到亦池翻译的书稿超过了他们的预期值。出版社一干人，从南京来到上海，与亦池见面，一起操办新书首发。译林出版社的编辑们，对亦池是人见人爱，好生喜欢她的恬静性格。

新书首发式那天，亦池不让我到现场。我当然要听她的。我也知道我的出现，可能会影响亦池的发挥：亦池要与记者和读者现场问答互动和签名售书。妈妈在场，会让孩子产生孩子感；妈妈不在现场，孩子会更自信地充满大人感。我理解。答应亦池不去现场。

可是，我怎么能够不去现场呢？我的孩子，第一次出书，如此隆重盛大的首发式，我怎么按捺得住自己的喜悦而不去分享呢？我当然还是去了上海书城，在外围闲逛，直到广播里公布亦池的新书首发会开始了，我才悄悄上楼，躲在会议室门外偷看和偷听。我看见著名作家叶兆言的女儿叶子，复旦大学的在读文学博士，是亦池的对谈嘉宾。我看见满场记者和读者，争相提问。我看见亦池不慌不忙，从容不迫，问答自如，还有幽默感，不时引起会场笑声。因为气氛热烈，大家不愿意散去，新书发布会延长了时间，外面天都快黑了。后来，我在网上看到了到会记者深夜发的微博，说：真希望新书发布会再长一点，就可以再多看看亦池，与她再多一点对话的机会，亦池真乃一大家闺秀啊。

有这样的好评，被人这样夸赞，亦池表现如此出色，我心真是甜如蜜，比亦池骄傲多了。发布会结束以后，我进门了。出版社朋友和记者朋友还有读者，纷纷祝贺我，祝贺我有亦池这么好一个女儿。我是太享受了。

晚饭是庆贺。在上海滩一个顶楼露天花园餐厅。这是亦池第一次隆重请客，用她的稿费，请我和朋友们吃饭。大家谈笑风生，频频举杯庆功。我则是百看不厌自己的孩子——我真就是一个溺爱孩子的庸常妈妈。整顿晚饭我只有一个念头，我对亦池教育方式的坚持，居然效果如此良好，我是太幸运了！中国老话说：世事洞明皆学问，人情练达即文章。不完全是传统中国文化，亦池还吸收了英国式的诚信、真诚、宽容和做事注重细节与认真。让我觉得，亦池以后的饭碗是不用我发愁了。年轻人，只要能吃苦，能够把事情做好，能够招人喜欢，怎么都会有好工作。这孩子就算以后做翻译，也是可以糊口的了，我总算把孩子养大了，自立了。尽管还要继续读硕士，还要继续努力拿到硕士毕业证书，但是我不再有什么担心了。亦池不会留级或者论文通不过的，我相信我孩子一定会把握自己要做的事情。

亦池送了我一本她的新书，扉页上题记是：“送给从未离家出走的妈妈”。

我只偷偷瞧了一眼，热泪就涌出来了。我觉得孩子是在夸赞我离婚后独自抚养她，坚定不移地与她在一起，经历着严峻的一切。我又觉得孩子的意思是：妈妈就是家。但是又觉得我的理解都不太靠谱。就只是这句题记，就只是写得很漂亮的钢笔字，就只是我体内的一个小小胚胎到如今出版了一部翻译小说，足够让我激动、让我幸福、让我浮想联翩。

亦池暑假返回英国，进入新的大学伦敦政治经济学院LSE。果然又是紧紧张张的：去LSE报名，交费；又一次从寻找新家开始：租房子、搬家、建设小窝、精打细算、与合租的室友们计划如何对付日常生活一日三餐。

英国的研究生更是不再有学校管理住宿了，除了功课，一切全靠学生自己。这种精神自然也体现在校区建筑上，伦敦政治经济学院高度开放，校区散在于伦敦市区，与金融街融为一体，到处都有进校的标志：醒目的红色“LSE”。在英国使用红色是很少的，因此“LSE”的红色校名缩写，成为伦敦市区一景，亦池也为这标志感到欢喜和自豪。

话说亦池选择的这种本硕连读，硕士研究生学习时间只是一年，一年眨眼就会过去，研究生照样是严进严出，论文没有通过，就不能毕业，就拿不到硕士毕业证书。时间紧，功课重，亦池所报专业，同学都是老外，想用中国话切磋功课，都是不可能的。这一年，亦池连给我来信，都成电报体，类似于“事急速归”，简洁到很需要我的理解能力。这期间，我有机会去英国参加图书展览和类似活动，我都谢绝了。我怕打搅亦池。如果我去了伦敦，是一定克制不住要见见孩子的，亦池知道我去了伦敦，也一定会安排时间来见我。实际上我去伦敦看孩子变成的一定是孩子在伦敦带我玩。我语言不好，交通陌生，肯定都得亦池陪玩和接送什么的，哪怕只是一趟，也会占用孩子很多时间，更何况会分散孩子的精力，打乱孩子的计划。

亦池读硕这一年，多次应邀访英机会，我都放弃了。哪怕让孩子多睡睡懒觉，多放松休息一天，也是我对孩子的支持。亦池在英国念书八年，有八个春节没有回家，我八年都没有去看望她一次。都是我深知亦池的性格，她喜欢和需要彻底放松，她习惯有自己的计划和安排。我孩子的需要，就是我的需要，她不同意我去英国，我就不去。她同意我去，我也还要看看她的情况是否合适。说到底，我对孩子的深爱，怎么才可以达到我想达到的深度呢？钱财物和经常看望，我以为都达不到，唯事事处处设身处地替她着想，才够。

我以为，多年来我内心的执着，感动了上苍或者说上帝。一年过去，亦池论文顺利通过，获得硕士毕业。正好在亦池的毕业典礼要举行的时间段，我收到了一个英国文学活动的邀请。

我问亦池：妈妈可以去伦敦了吗？

亦池说：当然当然！

我说：妈妈申请参加你们 LSE 的硕士毕业典礼。

亦池说：欢迎妈妈！我已经给你报了申请并拿到名额了！

原来学生家长参加LSE的毕业典礼，也是需要事先向学校报名申请获得名额的，名额有限是因为大礼堂座位有限，且是收费的——英国真是生财有道，还让你付钱付得心甘情愿，积极主动交纳——当然，最后会让你感觉物有所值——毕业典礼完毕之后还有自助酒会，提供香槟美酒和新鲜制作的精美点心，尽你吃饱喝足。

八年了，我的孩子亦池，从一个高中一年级的毛丫头，去英国念高中，到八年后硕士毕业。我第一次，去英国看孩子，一看就是孩子的硕士毕业典礼！梦幻一般！是美的梦幻！

桃红，柳绿，都好看，是因它们各有千秋。天下父母心，对孩子都是爱。只是我和亦池之间，我们并不说“爱”。我们的爱，更适合写爱的繁体字，正是我们母女内心情状：是放在心里头的。西人惯说“Love”。西人的“I Love you”是家常便饭，易于言说，流畅悦耳。而我们说“我爱你”，就十分拗口费劲了，还总是感到几分羞，觉得太露。我和亦池，我们有自己十分贴切的一个口头禅：“讨厌！”

一句“讨厌”，抑扬顿挫，意味深长，唯当事人能够心领神会。

我和女儿亦池之间，从小到大，喜说“讨厌”。最记得亦池三四岁，经常是走着走着，突然扭住我的腿，娇声稚气说“妈妈抱抱”。我一边抱起她来，一边说：“亦池讨厌！”亦池也会一边搂我脖子一边回应：“妈妈讨厌！”时至今日，积习不改，我去伦敦参加亦池硕士毕业典礼。在亦池家，硕士毕业生以及已经找到工作马上就要上班的大姑娘，照样冷不丁把腿伸进我怀里，嘟囔：“妈妈摸摸！”我还是会说：“讨厌！”可是一摸到那青春的白嫩的结实健康的腿，心里是热潮涌动，舌尖上都会冒出一股股甜来。

因这一股股的甜，我在亦池五岁那年写了《怎么爱你也不够》。在亦池十八岁那年，写了《来吧，孩子》。亦池上大学以后，完全成人了，我以为自己不再会有写作激情了。转眼到了 2011 年 12 月 15 日，是亦池的硕士毕业典礼。在伦敦 LSE 古典雍容的大礼堂，对世界所知甚少的我，从电子屏的滚动播放中，我目瞪口呆地认出了 LSE 历届著名校友中的克林顿、布莱尔、安南、曼德拉和索罗斯，而 26 位其他国家曾任或现任政府首脑人物，几十位英国国会议员和贵族院议员，15 位诺贝尔奖获得者，以及许多以政治体系、经济思想和社会发展的种种重大研究深刻影响了全球的校友们，我一概有眼不识泰山。亦池这孩子从来都没有对我提起过。她报考研究生时候只简单告诉我：“LSE 真的是一个非常好的学校。”我信她。我埋头自己的写作，甚至还没有来得及从网上详细考察和了解LSE，亦池的硕士论文已经通过，我的孩子已经获得毕业证书。坐在欢声雷动的大礼堂，看着我的女儿亦池，头戴方形帽，身穿紫领袍，健康漂亮，文静大方，从容镇定，缓缓登台，我无法不陶醉，无法不满足。我的孩子，在她生命的每一个阶段，都及时地让我获得了很大的满足。作为一个做母亲的女人，我还需要什么？够了！

够了！我总是要不断地说：够了！我已经获得太多！尽管我清醒地知道：LSE再多风云人物也并不等于我的孩子是风云人物。但是我的孩子能够考上LSE并顺利获得硕士学位，已经是我的莫大满足。我没有要求也并不希望我的孩子去做什么大人物。继续这样，做自己就好。继续这样，选择自己喜欢的目标，顺利到这个目标，在整个过程中感到快乐，孩子啊，这就够了！

二十三年，这么快，这么近，这么梦幻，原本我一直以为是我们在抚养孩子，却原来是孩子在馈赠我们：从怀孕到此刻，多少美梦成真！而我，现在，能够回赠孩子的，只是：一叠纸，许多字。

我又续写了《和女儿一起长大》。

续写的前一版，书名叫作《立》，确认这个新书名，是因为我已经认识到，“立”对孩子也还是有功利要求的。事实上，人生一场，任何功利目标，都还是狭隘了。身心健康才是康庄大道。只要女儿能够身心健康地顺利成长，比什么都好。女儿在长大，我也在一起长大，我依然在不断努力：慢慢放下，放下，放下……

原来：人生里，能有孩子就是一种福气！能够独立地亲自抚养孩子就是一种福气！能够扛住压力用合适孩子的方式育儿就是一种福气！原来：福气点点滴滴在我们的生活中，在我们的磨难中，在我们与至亲骨肉的一次次相聚和一次次分离中，都是靠自己去悉心品味和确认。原来：正如法国著名作家蒙田的深切体会，他说："世上最难学懂学透的学问，就是如何享受生命。在我们所有缺点中，最严重的就是轻视生命。"当我年过半百，回首往事，我体会到了蒙田的体会。不幸的是这觉悟来得迟了一些，不幸中的万幸是，在孕育和抚养孩子这件事情上，我撞上了真理，虽说年轻时候一知半解，摇摇不定，终归坚持下来了，如今种豆得豆，心满意足。

你怎么对待孩子，孩子就会怎么对待你；你怎么教育孩子，孩子就会成为什么样的人——今天，面对我这位已经硕士毕业的大姑娘，这句话，就是妈妈给她最贵重的礼物，话中蕴藏无穷奥妙。亦池要工作了、要谈恋爱了、或许还要读博，肯定还要谈婚论嫁，一个光闪闪的成熟了的人生徐徐展开。亦池既善于在求学路上艰苦奋斗，又善于沿路欣赏更多美景。

我深信，她一定会比妈妈更懂得享受生命本身，更有创造力去创造她自己想要的生活。

我是蒙恩了。我唯有心存感恩，目随孩子，祝福咱们子孙后代，青山常在，绿水长流，健康快乐，福田无际——这个祝福同时送给读到这句话的所有人。

2025 年 4 月 30 日星期三修改

图书在版编目（CIP）数据

和女儿一起长大 / 池莉著 .-- 北京：北京十月文艺出版社，2020.5（2025.7 重印）
ISBN 978-7-5302-2005-4

Ⅰ. ①和… Ⅱ. ①池… Ⅲ. ①随笔 - 作品集 - 中国 - 当代 Ⅳ. ① I267.1

中国版本图书馆 CIP 数据核字（2019）第 212518 号

和女儿一起长大
HE NÜER YIQI ZHANGDA
池莉 著

出　　版　北京出版集团公司
　　　　　北京十月文艺出版社
地　　址　北京北三环中路 6 号
邮　　编　100120
网　　址　www.bph.com.cn
发　　行　新经典发行有限公司
　　　　　电话（010）68423599
经　　销　新华书店
印　　刷　山东京沪印刷科技有限公司
版　　次　2020 年 5 月第 1 版
印　　次　2025 年 7 月第 16 次印刷
开　　本　850 毫米 ×1168 毫米　1/32
印　　张　7.75
字　　数　132 千字
书　　号　ISBN 978-7-5302-2005-4
定　　价　49.50 元

质量监督电话　010-58572393
如有印装质量问题，由本社负责调换。